Achim Bröger

Ich mag dich

OMNIBUS

DER AUTOR

Foto: © Ute Karen Seggelke

Achim Bröger, 1944 in Erlangen geboren, erfand schon als Kind im Bett Geschichten. Nach einigen Jahren Teilzeitarbeit in einem Schulbuchverlag entschied er sich 1980 ganz fürs Schreiben und ist seitdem hauptberuflich Autor. Neben Kinder- und Jugendbüchern schreibt er Hörspiele, Theaterstücke und Drehbücher fürs Fernsehen.
Seine Bücher wurden in 26 Sprachen übersetzt und mit verschiedenen Preisen ausgezeichnet, 1987 zum Beispiel mit dem Deutschen Jugendliteraturpreis.
Heute lebt Achim Bröger in Sereetz bei Lübeck.

Von Achim Bröger ist bei OMNIBUS erschienen:
Schulgespenster / Drei Neue bei den Schulgespenstern (26004)
Zwei Raben mit Rucksack (26014)
Kleiner-Bär (26036)
Wahsinnsgefühl (26084)

Achim Bröger

Ich mag dich

THIENEMANN TASCHENBUCH

THIENEMANN TASCHENBUCH BEI OMNIBUS
Band 26078

*Umwelthinweis:
Dieses Buch wurde auf chlorfrei gebleichtem
Papier gedruckt.*

Erstmals als Thienemann Taschenbuch
bei OMNIBUS Oktober 2000
OMNIBUS ist der Taschenbuchverlag
für Kinder und Jugendliche
Gesetzt nach den Regeln der Rechtschreibreform

Umschlagbild: Veleana Karush
Umschlagkonzeption: Klaus Renner
bm · Herstellung: Stefan Hansen
Satz: Uhl + Massopust, Aalen
Druck: Presse-Druck Augsburg
ISBN 3-570-26078-X
Printed in Germany

www.omnibus-verlag.de

10 9 8 7 6 5 4 3 2

OMNIBUS

Inhaltsverzeichnis

Fast eine doppelte Kindesentführung

Das geht nicht gut, jede Wette. Vater fährt, als wäre unser Golf ein Rennwagen. Schnell rein in die Kurve und noch schneller raus. Mich stört das ja eigentlich nicht. Aber meine Schwester auf dem Rücksitz neben mir wird immer blasser. Das Geschaukle hält sie nicht mehr lange aus. Fünf Minuten gebe ich ihr noch, aber höchstens.

Wir flitzen an Bäumen vorbei und mit Schwung einen Hügel hinauf. Oben habe ich einen Augenblick das Gefühl im Bauch, als ob wir gleich abheben würden. Tun wir aber nicht, denn schon geht es den Hügel runter.

Wie sieht meine Schwester aus? Sehr weiß und sie sagt keinen Ton. Ihre Sendeanlage ist ausgefallen. Blass und aufrecht sitzt Schwesterchen und starrt vor sich hin und Vater merkt nichts davon. Er reißt seinen Rennwagen schon durch die nächste Kurve.

Mutter sitzt rechts von ihm. Im Auto ist das bei uns meistens so. Nur an Sonntagen darf auch sie mal ans Lenkrad. Ausnahmsweise und unter väterlicher Aufsicht.

Bisher sagt Mutter kein Wort zu der Raserei, obwohl sie das Tempo garantiert nicht leiden kann. Wieso haben wir es eigentlich so eilig? Meinetwegen bestimmt nicht. Ich will nämlich gar nicht dahin, wohin wir fahren. Aber ich muss und ganz klar gegen meinen Willen. Das ist fast eine Kindesentführung, und zwar eine doppelte. Meine Schwester will nämlich auch nicht dahin. Eigentlich ist das eine ziemlich traurige Fahrt. Ich vergesse das bloß immer wieder, weil Vater fährt, als wäre der Teufel hinter uns her.

Ich schicke einen mitfühlenden Blick zu meiner blassen Schwester. Es ist bestimmt beruhigend für sie, wenn sie merkt, ihr großer Bruder – also ich – leidet mit ihr.

Oje … das geht nicht gut. Sie merkt kaum noch, dass sie einen mitfühlenden Bruder hat. Die horcht nur in sich rein, ob es gleich passiert. Mein Blick war eine glatte Energieverschwendung.

Endlich bewegt sie sich und kurbelt das Fenster runter. Klar, sie braucht frische Luft, dringend sogar.

»Mach das Fenster zu. Es zieht«, kommt Mutters Stimme von vorne. Aber Bine reagiert jetzt überhaupt nicht. Also spring ich ein und gebe nach vorne durch: »Bine ist es schlecht. Sie braucht Luft.«

»Kein Wunder, bei der Raserei«, stellt Mutter fest und klingt ziemlich giftig. Warum beschwert sie sich nicht vorher über das Tempo? Sie weiß doch, dass Bine so was nicht verträgt. Der väterliche Gaspedaltreter neben ihr weiß es aber auch.

Jetzt breche ich gleich zusammen, denn er fragt ganz unschuldig: »Fahr ich zu schnell?« Dabei klingt er sanft wie ein Engelchen. »Nene, du trödelst«, sage ich laut. »Hat der Wagen nicht mehr drauf?«

»Sehr witzig«, sagt Mutter. Sie will auch bestimmt noch mehr mitteilen. Aber jetzt verlangt mein Schwesterchen ziemlich gequält: »Halt an.«

Es geht los und ich rücke auf meinem Sitz möglichst weit von Bine weg. Im nächsten Augenblick tritt Vater auf die Bremse. Bine reißt die Wagentür auf und stolpert in die Landschaft. Mutter ist gleich neben ihr und führt sie zwischen die Büsche am Straßenrand. Ich habe es gewusst, das kann nicht gut gehen. Das ist von Anfang an eine verkorkste Geschichte.

Aus den Büschen höre ich ein Würgen. Und ich sage zu unserem Rennfahrer, der ziemlich ungeduldig auf die Uhr guckt: »Schade, dass ihr das nicht am Ortsschild von Nörtenheim passiert.«

Jetzt beweist er wieder, dass er keine Spur Phantasie hat. Irgendwann gab es da einen Totalausverkauf bei ihm. Er fragt: »Warum soll Bine das am Ortsschild von Nörtenheim passieren?«

So was muss man ihm erklären. Das tue ich dann auch: »Na ja, das wäre genau die passende Begrüßung für unseren neuen Wohnort.« Er könnte den Satz wenigstens witzig finden. Aber nein, dazu ringt er sich nicht durch. Er dreht nur seinen Kopf zu mir nach hinten, hat Vater-Falten auf der Stirn und sagt: »Du bist heute unausstehlich.« Danach sieht er wieder ungeduldig zur Uhr, als wollte er sagen: Die Mechaniker trödeln ziemlich beim Reifenwechsel. So kann ich das Rennen nie gewinnen.

Stumm sitze ich in meiner Ecke und staune vor mich hin. Ich beschwere mich ja gar nicht, wie doof ich das finde, dass wir nach Nörtenheim fahren und vor allem dort bleiben. Ich mache ihm das wirklich nicht schwer. Schließlich weiß ich, dass auch er nicht gerne umzieht. Aber ich muss doch wenigstens dazwischen mal ein bisschen lästern können, damit ich den Kloß im Hals nicht zu sehr spüre. Wenn ich lästere, findet er mich gleich unausstehlich. Das bin ich nicht. Im Gegenteil. Ich gebe mir Mühe und sage zum Beispiel kein Wort darüber, was ich von unserem Umzug halte. Das würde allerdings garantiert unausstehlich klingen. Ich ziehe nämlich nicht um. Ich werde umgezogen. Und alle, die ich kenne, wohnen ab jetzt vierhundert Kilometer weiter im Süden. Der Gedanke ist eine ziemliche Quälerei für mein Innenleben.

Mutter und Schwesterchen stören meine Nachdenkerei. Sie kommen aus den Büschen zurück. »Geht's besser?«, fragt Vater. Bine nickt und wirkt jetzt nicht mehr kalkweiß. Sie hat so einen rosa Schweinchenschimmer im Gesicht.

Im nächsten Augenblick flitzen wir los, natürlich nicht selber, der Wagen flitzt und wir sitzen drin. Bine lässt das Fenster weit offen. Jetzt beschwert sich auch keiner mehr, dass es zieht. Und wir fahren weg von der Stadt, in der ich eine Menge Jahre gewohnt habe, und zu der Stadt, wo ich wohnen soll.

»Fahr langsamer!«, verlangt Mutter. Ohne »bitte« sagt sie das und sie klingt dabei etwas drohend, nach gelber Karte vom Schiedsrichter. Endlich! Ob sie Vater auch mal die rote Karte zeigt?

Gegen den Ton kommt er nicht an. Er ist brav und gehorcht sofort. In so einem Moment weiß ich immer gar nicht, ob Vater wirklich unser Häuptling ist. Ich glaube, ich ernenne Mutter dazu, so ganz für mich. Ein festes Familienoberhaupt gibt es bei uns sowieso nicht. Das wechselt.

Sanft lässt Vater das Auto über den nächsten Hügel gleiten, wie Butter. »Damit sparst du Benzin«, klärt ihn Mutter auf. Er sagt nichts und steuert seine kostbare Last immer weiter auf der grauen Straße an grünen Bäumen vorbei, unser Vater.

Ach so… Vater… dazu müsste ich auch was sagen.

Eine ganz normale Familie. Erster Bericht.

Zwischen Birken fährt ein roter Golf auf einer grauen Straße. Vier Leute sitzen darin und kommen ihrem neuen Wohnort immer näher. Dazu gehört Sabine, genannt Bine. Ihr war schlecht, jetzt scheint es ihr besser zu gehen.

Mick heißt eigentlich Michael. Er sitzt in seiner Ecke und sieht aus, als würde er über irgendetwas sehr angestrengt nachdenken.

Es ist still im Wagen. Fast unmerklich tritt Vater Konrad wieder ein wenig stärker auf das Gaspedal. Er möchte unbedingt vor dem Möbelwagen an der neuen Wohnung ankommen. Wenn die Möbelträger warten müssen, wird das einiges kosten, befürchtet er. Warten sie aber nicht und stellen die Möbel schon in die neue Wohnung, muss sicher alles umgeräumt werden.

Als er daran denkt, fährt Vater Konrad noch etwas schneller. Er hofft, dass das keiner merkt. Aber Mick hat es schon bemerkt.

Eigentlich hätte man das leicht schaffen können, vor dem Möbelwagen anzukommen. Allerdings hatte Vater auf halber Strecke eine Abkürzung vorgeschlagen. Wegen dieser Abkürzung ist die Familie jetzt einige Zeit länger unterwegs, als sie das vorhatte. Und sie ist schon vier Stunden unterwegs.

Mutter sucht möglichst unauffällig irgendetwas in der Handtasche. Sie möchte auf keinen Fall, dass das jemand bemerkt, denn sie sucht ihre Brille. Das tut sie ziemlich häufig. Alle finden das komisch, nur sie nicht.

Ohne Brille sieht die Landschaft für Frau Konrad im Augenblick etwas unscharf aus. Aber das macht nichts. Was da draußen zu sehen wäre, ist gleichförmig. Viel flache Landschaft. Ein verschwommenes, meist grünes Bild für Mutter Konrad ohne Brille.

Wahrscheinlich versteckt sich die Brille im Kofferraum. Dort sind die Dinge verstaut, die nicht mit dem Möbelwagen geschickt werden sollten. Dokumente, das silberne Besteck, Sparbücher und Ähnliches.

Frau Konrad gibt die Brillensuche auf. Sie seufzt, ihr fällt nämlich ein, was sie in den nächsten Tagen und Wochen in der neuen Wohnung zu tun haben wird: auspacken, einräumen, das Chaos ordnen und eine Wohnung daraus machen. Dann tröstet sie sich damit, dass der Umzug bestimmt eine wirksame Abmagerungskur für sie sein wird.

Bine hält die Nase in den Fahrtwind. Sie braucht unbedingt frische Luft, denn sie wird schon wieder etwas blasser. Besorgt beobachtet ihr großer Bruder das.

Bald muss das Ortsschild von Nörtenheim zu sehen sein. Hoffentlich ist der Möbelwagen noch nicht da, denkt Vater Konrad.

Alle Zimmer vom Feind besetzt

Die Eltern meinen, wir wären eine ganz normale Familie. Aber ich glaube das einfach nicht. Wenn wir eine wären, würde ich mich jetzt auch nicht so ärgern. Ich bin geladen und hochexplosiv.

Das musst du dir mal vorstellen. Schraubt dieser ganz normale Vater vorhin ein Namensschild an unsere Wohnungstür. Logisch, schließlich wollen wir gefunden werden. Aber auf das Namensschild dieser ganz normalen Familie gehören zwei Namen. Konrad und Brettschneider. Weil wir nämlich doch nicht so völlig normal sind.

Die Eltern heißen Konrad mit Familiennamen. Bine und ich heißen Brettschneider. Der männliche Häuptling hier in der Wohnung ist nämlich nicht mein biologischer Vater. Der biologische wohnt ziemlich weit weg. Der nichtbiologische ist der zweite Mann meiner Mutter. Sie hat sich von ihrem ersten Mann scheiden lassen. Als das passiert ist, war unser Nesthäkchen – die Bine – ein Jahr alt. Jetzt ist sie sieben und ein ziemlicher Nesthaken.

Alles sehr kompliziert bei uns, das sage ich doch.

Zurück zu dem doofen Namensschild. Ich ärgere mir deswegen noch einen Krampf ins Gehirn. Auf dem Schild steht sehr groß »Konrad«. Sonst nichts. Nirgends ist Bines und mein Name zu finden, weder groß noch klein, weder drunter noch drüber. Ich lasse mir garantiert nicht gefallen, dass sie mich schon an der Haustür unterschlagen. Im Telefonbuch stehen wir bestimmt auch nicht, meine Schwester und ich. Wir sind hier spurlos verschwunden, im Familiensumpf versackt. Da kannst du ja gar kein Selbstbewusstsein kriegen, wenn es dich nicht gibt.

»He, Mick!«, höre ich den Nichtbiologischen auf dem Flur vor meinem Zimmer. Darauf reagiere ich mit keinem Ton, denn wer mich unterschlägt, wird überhört.

Ich will nicht mehr an das Schild denken. Das nehme ich mir richtig vor. Es muss doch etwas Besseres geben, woran ich denken kann. Umschalten! Los! Die kleinen grauen Zellen sollen sich anstrengen. Und da taucht wirklich langsam ein Gedanke in meinem Kopf auf, der mir gefällt. Er wärmt mich richtig, so von innen. Mir fällt ein: Ich habe zum ersten Mal ein eigenes Zimmer! Mensch, ist das gut, sage ich mir. Gleich wird mir feierlich.

Obwohl ... mit Schwesterchen zusammen war das früher, als sie noch kleiner war, manchmal gar nicht schlecht. Aber dann ist sie größer und irgendwie unhandlicher geworden. Das konnte ich einfach nicht verhindern. Ständig wollte sie was anderes als ich. Und sie hat in unserem Zimmer alles durcheinander gebracht, was ich nicht selber durcheinander gebracht habe. Auf Dauer halte ich so was nicht aus. Also ... ich finde es richtig gut, dass ich ab heute ein eigenes Zimmer habe.

Auf und ab gehe ich in meinem Zimmer, jedenfalls soweit ich das schaffe, denn überall stehen mir Kartons und Schachteln im Weg. Die meisten sind unausgepackt.

Ob ich mein Zimmer jetzt mal einräume? Schon will ich mich dazu aufraffen ... fällt mir das blöde Türschild ein. Das drängt alles weg, was gut sein könnte.

Draußen höre ich wieder meinen Vater. »Micki!« Wahrscheinlich soll ich irgendwas für ihn suchen. Aber wenn ich ihm näher komme, fange ich bestimmt an, mit ihm zu schimpfen. Das will ich jetzt lieber verschieben, weil er so eifrig beim Einrichten ist.

Ehrlich, ziemlich oft vergesse ich völlig, dass ein Stief vor dem Vater steht. Aber dazwischen werde ich leider ganz blöde daran erinnert, weil er dann Dinge einfach nicht mitkriegt, wie den fehlenden Namen auf dem Türschild. Mein wirklicher Vater ist da anders. Dafür haben er und meine Mutter ständig gestritten. Na ja.

»Micki!«, dröhnt es wieder in mein Zimmer. Jetzt hat er dreimal gerufen, das reicht. Ich bewege mich auf die Tür zu und übersteige die gefährliche Kartonlandschaft, ohne Seil. Einen Augenblick bin ich richtig sportlich.

Vater steht ziemlich aufgelöst im Flur. Seine Halbglatze ist wirr mit Resthaar überdeckt und das Hemd hängt aus der Hose. Sehr überbeschäftigt wirkt er. Jede Wette, er sucht etwas, und da fragt er auch schon. »Hast du die Bohrmaschine gesehen?«

»Ne«, sage ich und er hastet an mir vorbei ins Wohnzimmer. Der hat jetzt keine Zeit, meine Beschwerden entgegenzunehmen, garantiert nicht. Also klettere ich weiter durch die Wohnung und zu meiner Mutter. Die hat sich hinter einem großen Umzugskarton in der Küche versteckt. Sie sucht auch was.

»Deine Brille ist verschwunden?«, frage ich sie, bevor sie

mich fragt, ob ich sie gesehen habe. »Stimmt«, sagt sie. »Wie kommst du darauf?«

»Ich denke mit«, sage ich. Dass die Brillensucherei bei ihr ein Dauerthema ist, lasse ich weg. Schließlich weiß sie das selbst. Man muss einen älteren, viertelblinden Menschen nicht immer auf seine Gebrechen hinweisen. Das belastet ihn wahrscheinlich, stelle ich mir vor.

Wenn ich jetzt mit dem Türschild anfange, bricht mein Mütterchen wahrscheinlich völlig zusammen. Gut, ich schlucke die Beschwerde wieder runter. Ob man davon Magengeschwüre kriegt? Leute, die ihren Ärger nie rauslassen, sollen anfällig dafür sein.

Ich verschwinde in meinem Zimmer und will aufräumen. Da stolpert Bine rein. Sie ist überhaupt nicht mehr blass und kommt angeschossen wie ein Kugelblitz auf Beinen. »Spiel was mit mir!«, verlangt sie.

»Ne«, sage ich und flüchte aus dem Zimmer. Ich kenne Bine, die lässt mich jetzt nicht in Ruhe. Ich habe sonst nicht übermäßig viel gegen Schwesterklößchen, aber wenn sie so in Fahrt ist wie eben, sägt sie an meinen Nerven herum.

Wo kann ich mich in dem Chaos nur verstecken? Alle Zimmer sind vom Feind besetzt. Nein … das Badezimmer ist frei, dahin verschwinde ich. Und jetzt schließe ich gut ab. Ich will allein sein.

Eine ganz normale Familie.
Zweiter Bericht.

Frau Konrad und ihr Mann stehen an dem Wohnzimmerfenster ohne Vorhang im zweiten Stock, Gaußstraße 12. Der Möbelwagen fährt gerade los. Trotz »Abkürzung« waren sie übrigens vor dem Möbelwagen hier angekommen.

Die beiden Erwachsenen hinter dem Fenster des vierstöckigen, hellbraun gestrichenen Hauses sehen zum Lebensmittelladen im Haus auf der anderen Straßenseite. Ein Stück dahinter sehen sie die hohen Bäume des Stadtparks.

»Hier wohnen wir jetzt«, sagt Herr Konrad. »Und hier werde ich arbeiten. Hoffentlich klappt alles mit der neuen Stelle.« Einen Augenblick ist es ruhig in dem Zimmer voller Kisten und Kästen.

Vor einigen Monaten war der Lexikonverlag, in dem er gearbeitet hatte, verkauft worden, und zwar an einen größeren Verlag in Nörtenheim. Mehr als zwei Monate war unklar, ob Herr Konrad Arbeit finden würde. Dann kam ein Brief aus Nörtenheim, in dem stand, man wolle ihn einstellen. Alle waren erleichtert gewesen. Nur Michael hatte komisch geguckt, war Frau Konrad für einen Augenblick aufgefallen. Dann hatte sie den Eindruck beiseite geschoben und sich weiter gefreut.

Sie streicht ihrem Mann über die Haare. »Du, das werden immer weniger«, sagt sie.

»Dafür wirst du immer mehr«, sagt er. Sie lachen, sehen sich an und sie sagt: »Weißt du, dass du schon eine Menge Falten hast? ... Wir werden älter, du und ich.«

Jetzt richtet Familie Konrad die Vierzimmerwohnung weiter

ein. Frau Konrad hat ihre Brille bisher nicht gefunden. Ihr Mann sucht seine Bohrmaschine auch noch.

»Mick!«, hört Frau Konrad ihren Mann im Flur. »Wo steckt der denn?«, fragt er und kommt wieder ins Wohnzimmer. »Ich glaube im Badezimmer«, sagt sie. »Eben fällt mir ein, dass der Mick vorhin ganz froh aussah, als er sich sein Zimmer angeguckt hat. Ich bin sicher, es hat ihm gefallen. Aber danach ist ihm irgendeine Laus über die Leber gelaufen. Es war doch nichts mit ihm? Oder?«

»Ach«, sagt Herr Konrad. »Der hat mal wieder seine Mucken. Er ist halt in der Pubertät. Das weißt du doch.«

Eingesperrt

Ich habe mich im Badezimmer eingeschlossen. Das blöde Türschild ärgert mich ja immer noch. Trotzdem muss ich zugeben, dass das Badezimmer gar nicht schlecht ist, jedenfalls nicht so winzig wie das in unserer alten Wohnung.

Zwei Waschbecken gibt es. Daran kann man sich morgens wenigstens zusammen waschen, ohne dass der eine den anderen wegstößt und die Morgenwäsche ein Kampf auf Leben und Tod wird, bis du das Waschen für immer aufgibst. Aus Platzgründen.

Der Spiegel ist auch groß genug. Aber wen sehe ich darin? Mich… als Brustbild, den Mann ohne Unterleib. Und ich habe etwas gegen mich im Spiegel.

Den ganzen Tag denke ich nicht daran, ob ich nun schön oder hässlich oder viertelschön oder halb hässlich bin.

Plötzlich stehe ich aus Versehen vor einem Spiegel und gucke rein. Im nächsten Augenblick erzählt mir das Glasding Sachen über mich, die ich gar nicht wissen will, zum Beispiel, dass ich garantiert nicht der Schönste bin.

Jetzt gehe ich ein Stück vom Spiegel zurück und kneife die Augen zu. Dann reiße ich sie blitzschnell und nur kurz auf, will mich als Momentaufnahme begucken. Vielleicht verschönt mich das.

Ne... überhaupt nicht. Im Spiegel steht ein dicklicher Typ, das bin ich. Meine Mutter nennt die traurige Erscheinung »gut ernährt«. Aber auf solche Trostlügen falle ich nicht rein.

Ich gucke noch mal. Und ich habe es geahnt, der Pickel auf meiner Nase ist gewachsen. Fürchterlich. Irgendwie sieht der aus, als würde sich mein ganzer Kopf dahinter verstecken können. Dabei wirkt der Pickel, realistisch betrachtet, nicht größer als ein größerer Stecknadelkopf. Aber auf Realistik kommt es dabei überhaupt nicht an. Ich habe den Eindruck, dass das rote Ding alles überstrahlt, und das reicht mir.

Selber schuld, warum lasse ich mich von solchen unwichtigen Äußerlichkeiten ablenken? Ich sollte aufräumen wie die anderen. Stattdessen stehe ich hier und habe mal wieder den Verdacht, dass es leider nicht nur auf das reiche Innenleben ankommt, sondern auch noch darauf, wie das Innenleben äußerlich verpackt ist. Es nützt dir halt nicht viel, wenn du dir sagst: Du siehst zwar bescheuert aus, aber dein Charakter, der ist prima. Dabei weiß ich nicht mal, wie das mit meinem Charakter ist. Darüber muss ich auch nachdenken.

Ich stehe immer noch vor dem Spiegel. Irgendwann schmiere ich das Ding mit Zahncreme zu. Aus Rache.

Entsetzlich, dieser Pickel, den kann man nicht übersehen. Das heißt, wenn ich von rechts auf die Leute zukäme und die linke Pickelseite ein Stück wegdrehen würde, dann ginge es. Aber ich kann mich doch nicht immer nur von rechts an Leute ranmachen, wenn ich welche kennen lerne. Das wird eine Katastrophe. Als Neuer wirst du beguckt, du kannst nicht gleich deine inneren Werte auf den Tisch legen.

»Micki!«, höre ich den Häuptling. Wahrscheinlich sucht er immer noch die Bohrmaschine. Und ich habe im Augenblick überhaupt keinen Nerv zum Mitsuchen. Die Tür bleibt zu.

Ich könnte natürlich auch meine Haare vor das Gesicht hängen lassen, als Pickelvorhang. Einfach zuziehen das Ganze, das wäre eine Lösung.

Meine Haare sind mit das Beste an mir. Blond und lang. Mutter möchte, dass ich sie abschneiden lasse, soo kurz. Aber ich finde, man soll den Dingen ihren Lauf lassen und nicht in die Natur eingreifen. Zwingen wollen mich die Eltern auch nicht, zum Frisör zu gehen. Mutter meint bestimmt, das könnte meiner Persönlichkeit schaden, und so was will sie nicht. Deswegen liest sie Bücher über »Pubertät«. Ich kann das Wort nicht hören. Es klingt nach Krankheit. Aber seit sie solche Bücher liest, müht sie sich wirklich ab. Das macht sie allerdings so übervorsichtig, als würde sie, wenn irgendwas zwischen uns nicht klappt, im Kopf in ihren Erziehungsbüchern nachschlagen, was die darüber sagen, bevor sie etwas sagt. Also… ich möchte so ein Buch später nicht nötig haben.

Wo war ich eigentlich? Ach ja… bei meinen Haaren. Die gefallen mir wirklich gut. Zu Hause, ich meine, wo ich vorher zu Hause war, da hatten sich alle an die Mähne gewöhnt.

Wenn ich an zu Hause denke, wird mir… irgendwie zum Heulen, drückend und eng im Hals und in der Brust, als würde jemand eine Schnur zuziehen. Ich möchte zurück oder wenigstens dort anrufen, vor allem den Bernd, meinen Banknachbarn aus der Schule. Ich merke richtig, wie gerne ich die alle mag. Und das habe ich erst kapiert, als ich wegziehen sollte.

So! Ich will nicht mehr daran denken. Das verdirbt mir bloß die schöne neue Wohnung und die ist wirklich besser als die alte. Ach ... ich möchte die Umzieherei völlig cool hinkriegen und ich schaffe es nicht.

Bine drückt den Türgriff. »Mick!«, ruft sie, diese Nervensäge. Wahrscheinlich belagert sie mich jetzt. Ob ich mich draußen mal wieder zeigen sollte? Erst ziehe ich die Wasserspülung, dann klingt der Kloaufenthalt echter.

Zum Abschied gucke ich mich noch mal im Spiegel an, natürlich von rechts. So bin ich auszuhalten.

Tür aufgemacht. Mein Schwesterchen lauert schon und meine Mutter huscht gerade über den Flur. Sie will wissen: »Was machst du denn so lange auf dem Klo?«

Die stellt Fragen. »Rate mal«, sage ich und verschwinde zum Aufräumen in meinem Zimmer. Vater hat die Bohrmaschine gefunden. Er dröhnt damit herum wie eine wild gewordene Herde Zahnärzte.

Eine ganz normale Familie.
Dritter Bericht.

Einen Tag und eine Nacht wohnt Familie Konrad in der Gaußstraße 12. Die Vorhänge hängen an den Fenstern und das Chaos in der Wohnung wirkt inzwischen ein wenig überschaubarer. Frau Konrads Brille ist übrigens in einem Besteckkarton aufgetaucht.

Die Eltern wundern sich, dass ihr Sohn so grimmig durch die Wohnung stapft. Herr Konrad tippt weiter auf Pubertät als Ursache. Frau Konrad meint, dass dahinter etwas anderes stecken müsste. Woran es wirklich liegt, hat Michael ihnen noch nicht verraten. Ihn interessiert sehr, wann seine Eltern endlich selbst merken, dass das mit dem Türschild nicht in Ordnung ist.

Nachdem man den Toaster und den Salzstreuer gesucht und gefunden hat, sitzen alle um den Frühstückstisch. Mit Brötchen im Mund und Erdbeermarmelade an der Oberlippe wird besprochen, wohin der kleine Wohnzimmerschrank gestellt werden soll. Mutter Konrad zeigt mit dem Buttermesser auf eine Wand, Vater mit dem Kaffeelöffel auf die andere. Michael gibt seiner Mutter Recht, Sabine dem Vater. In dem Moment klingelt es an der Tür. Sabine rennt los, poltert über den Flur und reißt die Wohnungstür mit Getöse auf. »Wie ein Elefant«, stöhnt Mutter.

»Von wem sie das wohl hat?«, fragt Michael und guckt seine Mutter grinsend an, während Herr Konrad seinen Stiefsohn strafend mustert, denn solche Töne mag er nicht. Bevor er etwas Erzieherisches sagen kann, poltern Sabine und ein anderes Mädchen ins Wohnzimmer. Das andere Mädchen heißt Claudia, wohnt im dritten Stockwerk und will unbedingt mit Sabine spielen. Kaum hat Sabine das alles in einem Atemzug verkündet, tobt sie mit Claudia im Schlepptau aus dem Zimmer.

»Gestern war Sabine hier noch fremd. Heute kommt schon jemand zum Spielen«, freut sich Herr Konrad. »Ich wusste, dass sie schnell Anschluss findet.«

»Bei den Jüngsten ist das oft so«, sagt Mutter. Etwas mitleidig sehen die Eltern Michael an. Der weiß, dass er der Ältere ist und schwerer Anschluss findet. Mit ihrem Gegucke und ihren Erziehungsbuchweisheiten regen sie ihn auf.

Herr Konrad möchte am liebsten ein paar Sätze über die langen Haare seines Stiefsohnes sagen. Die stören ihn. Er meint, der Junge sollte wenigstens jetzt, bevor er in die neue Schule kommt, zum Frisör. Sonst fällt er bestimmt gleich unangenehm auf. Aber Herr Konrad schluckt die Ermahnung mit einem Bissen Brötchen hinunter, weil er beim Frühstück keinen Streit haben will.

Schweigend wird der Tisch abgeräumt. Michael ärgert sich darüber, dass er helfen muss und Sabine spielen darf. Als er die Marmeladengläser in die Küche gebracht hat, sieht er aus dem Fenster und auf die Straße hinunter. Leider entdeckt er da unten niemanden in seinem Alter.

Mutter Konrad seufzt. Es ist seltsam, findet sie, manchmal spürt man ganz deutlich so eine schlechte Laune und Gereiztheit in der Familie ... wie eben. Und keiner weiß genau, woher die kommt.

Völlig öde

Meine Damen und Herren, hier sehen Sie den Weltmeister im Einräumen. Die meisten Kartons sind leer. Jetzt kommen noch die letzten Schallplatten ins Regal. So … und nun eine kleine Pause.

Ich gucke mal auf den Hinterhof. Was teilt mir mein Auge mit? Kein Mensch da unten. Ich glaube, hier in der Stadt und besonders in unserer Straße ist garantiert der Hund begraben. Wahrscheinlich bin ich der einzige Typ in meinem Alter. Die Erkenntnis jagt mir einen Schauer durch das Hirn und mein Zimmer gefällt mir nur noch halb so gut.

Bestimmt ist diese Stadt eine Insel für Scheintote und Babys. Außerdem kommst du dir hier wie ein Ausländer vor. Als ich beim Kaufmann »Grüß Gott« gesagt habe, wie zu Hause, haben sie mich angestarrt. Die Münder waren weit offen, da konntest du glatt eine Semmel reinschieben. Die heißt hier allerdings »Brötchen«. Und »Grüß Gott« heißt »Guten Tag«. Wie das klingt?! Und ich hatte noch nie so schlechte Tage, die hauen mich glatt um. Schon liege ich auf dem Sofa. Ich bin zurzeit gar nicht belastbar. Alles haut mich sofort um.

Halt! Ich habe noch was ganz Dringendes vor. Ein Aufkleber muss draußen an meine Tür, so eine richtig freundliche Einladung, mich zu besuchen. »Achtung. Bewohner beißt!« steht darauf. Er liegt dort, neben dem Regal.

Ich wälze mich vom Sofa und krieche über den Boden. Bloß nicht aufstehen, das spart Kräfte und die brauche ich noch. Jetzt habe ich den Aufkleber. Der passt prima, also an die Tür damit.

Ich stehe ja doch. Ob ich noch mal auf den Hinterhof sehe? Aber nur ganz kurz.

Völlig öde ist es da unten im grau gepflasterten Hof mit Garagen. Dahinter gibt es Bäume, haufenweise großes Grünzeug, fast bis in den Himmel. Meine Eltern finden so was toll. Was Menschliches in meinem Alter wäre mir wirklich lieber als die grünen Staubwedel. Mit denen kann ich nichts reden und nichts tun. Na ja, rede ich eben mit meinen Guppys im Aquarium. Die haben den Umzug besser überstanden als ich. Fröhlich schwimmen sie herum. Euch geht es überhaupt gut. Ihr habt keine Sorgen und immer Leute um euch. Gefüttert werdet ihr auch.

Ich gebe ihnen gleich mal was. Da fällt mir ein, dass du als Guppy auch Nachteile hast. Man darf das wirklich nicht alles nur einseitig sehen. Wenn du als Guppy klein bist, wirst du zum Beispiel mit ziemlicher Wahrscheinlichkeit gefressen. Aber ehrlich, das Größerwerden ist auch nicht das Tollste, das merke ich ja an mir.

Die Guppys hat mir Bernd geschenkt. Das ist der, neben dem ich in der Schule zwei Jahre gesessen habe. Bernd war mein bester Freund. Ich glaube, so was finde ich nie wieder, und das glaube ich nicht nur, das weiß ich. Als ich gehört habe, wir ziehen um, hätte ich denken müssen: Großer Jubel. Stiefvater hat Arbeit. Ich weiß ja, es ist schwierig, welche zu finden. Überall gibt es Arbeitslose. In Wirklichkeit habe ich gedacht: Hoffentlich bleiben wir hier, sonst kann ich den Bernd nicht mehr treffen.

Der geplante Umzug war wie ein Schlag auf den Kopf. Aber mit solchen Schmerzen darfst du deine Eltern nicht belästigen, wenn sie gerade froh und dankbar sind, weil Vater eine neue Arbeitsstelle hat. Dem Bernd hat das auch nicht gefallen, dass ich weit wegziehe. »So 'n Mist!«, hat er gesagt und dann: »Ich besuch dich, Alter.« Viel mehr hat er nicht gesagt. Ob er wirklich hierher kommt?

Was kracht denn da im Nebenzimmer? Das hältst du ja im Ohr nicht aus. Ach so ... Schwesterchen kreischt mit ihrer neuen Freundin um die Wette. Die hat wenigstens schon jemanden und ich stehe dumm herum.

Vielleicht lassen sich die Eltern davon überzeugen, dass Kaffee trinken und Reden jetzt gut wäre. Aber in der Küche merke ich sofort, ich kann mir jedes Wort sparen. Mutter und Vater jonglieren nämlich mit Hängeschränken herum, die sie an der Wand festmachen wollen. Da störe ich jetzt nur.

Und dann guckt mich plötzlich das Telefon im Flur an. Wirklich, so was gibt es, das Ding guckt richtig, als wollte es sagen: Ruf mal an. Mache ich, antworte ich. Prima, dass es dich gibt, altes Telefon. Dem Erfinder sei Dank. Ich weiß auch sofort, bei wem ich's klingeln lasse. Bei Bernd nämlich. Der sitzt im Augenblick bestimmt zu Hause und vor seinem Futternapf. Den hole ich vom Teller weg. Seine Nummer kenne ich auswendig.

Im Apparat knackt es ... und dann höre ich die Stimme: »Bernd Riedel.« Er hat einen vollen Mund, das dachte ich mir doch. »Ich bin's«, sage ich. »Schmeckt's?«

»Ja klar! Was machst du denn so?«

»Ach, ich richte mein Zimmer ein.«

»Ist es gut, dein Zimmer?«

»Ja, schön groß. Die Wohnung ist überhaupt ganz prima.«

»Und sonst?«

»Geht so«, sage ich. »Du … die Guppys leben noch.«

»Meine haben Junge gekriegt. Sind aber fast alle aufgefressen worden.«

»Ich muss bald in die neue Schule.«

Als Bernd Schule hört, stöhnt er und ich sage: »Ich wollte nur wissen, ob du noch lebst. Ich melde mich mal wieder.«

»Gut … und tschüss«, sagt Bernd. Weg ist er und klemmt sich wieder hinter seinen Teller.

Blöderweise habe ich überhaupt nichts von dem gesagt, was ich eigentlich sagen wollte, zum Beispiel, dass es hier gar nicht gut ist ohne ihn. Neben wem er sitzt und wann er mich besucht, wollte ich fragen. Nichts davon bin ich losgeworden. Dafür haben wir über die doofen Guppys und die doofe Schule geredet.

Warum habe ich ihm nicht erzählt, dass ich ziemlich oft an ihn denke? Aber das kann ich als Junge einem anderen Jungen einfach nicht sagen. Der meint sonst, ich wäre verknallt in ihn. Moment mal: Bin ich das nicht wirklich? Ja … ich glaube schon.

Mensch Mick, du bist schwul. Das haut mich um.

Ne … wenn ich mir das genau überlege, glaube ich doch nicht, dass ich schwul bin. Ich mochte die Karin in unserer Klasse auch richtig gerne. Wenn ich sie gesehen habe, ist mir warm geworden. Aber eines stimmt, ich mag den Bernd ganz besonders.

Ich stehe immer noch vor dem Telefon. Ob ich meinen Vater anrufe, den richtigen? Ich möchte mal mit jemandem reden, richtig reden, meine ich, denn zurzeit bin ich umzingelt von Leuten, die nichts von mir wissen wollen.

Gerade hebe ich den Hörer ab, da spaziert mein Stiefvater über den Flur, die Haare kreuz und quer auf der Halbglatze verstreut. Er will wissen: »Hat jemand angerufen?«

»Ne, aber ich hab Bernd angerufen.«

»Hm«, brummt er. »Musst du tagsüber unbedingt teure Ferngespräche führen?«

»War nur kurz«, sage ich. Er dreht ab und steuert auf die Küche zu.

Wenn sich der Häuptling über teure Ferngespräche aufregt, kann ich meinen Vater jetzt natürlich nicht anrufen, sonst gibt's garantiert Ärger.

Ich habe zwei halbe Väter, fällt mir ein. Einer ist ziemlich weit weg, der andere ist hier. Aber keinen der Väter habe ich richtig für mich. Zurzeit habe ich überhaupt niemanden für mich. Übel finde ich das.

Ob ich noch mal aus dem Fenster gucke? Diesmal nicht nach hinten in den Hof, sondern aus dem Wohnzimmerfenster und zur Straße runter. Jede Wette, da ist auch niemand in meinem Alter.

Moment mal. Das gibt's doch nicht. Ich reibe meine Linse. Drüben am Lebensmittelladen... steht ein Mädchen, ungefähr in meinem Alter. Jedenfalls sieht das von hier so aus, wahrscheinlich eine Fata Morgana.

Jetzt ist sie weg, im Laden verschwunden. Aber es leben hier doch Leute in meinem Alter. Das beruhigt mich. Oder war das eine verkleidete Oma? Ne... sie hat nicht so ausgesehen, wirklich nicht. Blaues T-Shirt, Jeans. Wie waren die Haare? Braun … oder so ähnlich, jedenfalls nicht grau.

Halleluja, es geht aufwärts. Der Mensch freut sich ja schon über Kleinigkeiten.

Eine ganz normale Familie.
Vierter Bericht.

Herr Konrad und seine Frau stehen in der Küche und teilen sich eine Flasche Bier. Einen Schluck für sie. Einen Schluck für ihn. Dann sucht Herr Konrad irgendwas im Flurschrank. Seine Frau sieht sich in der Küche um. Hier gibt es noch viel zu tun. Als Nächstes wollen ihr Mann und sie die Wandschränke eindübeln.

Seit sie die Wohnung einräumen, wird Frau Konrad klar, dass sie über den Umzug froh ist. In der alten Wohnung und Umgebung hatte sie das Gefühl, alles läuft überraschungslos und im alltäglichen Trott.

Hier könnte das fast ein neuer Start für sie werden. Sie möchte versuchen, in nächster Zeit eine Halbtagsstelle zu finden, am liebsten als Bibliothekarin. Das war sie früher auch gewesen, bevor die Kinder geboren wurden.

Die Kinder … vor allem um Michael macht sie sich Sorgen. Sie befürchtet, dass er hier keinen Anschluss finden wird. Er ist ein Einzelgänger. Und er hat es mit sich und der Familie zurzeit schwer. Sie möchte wissen, warum man an den Jungen einfach nicht rankommt.

Frau Konrad überlegt, ob sie ihrem Mann jetzt etwas sagen

soll, was sie eigentlich schon lange sagen möchte. Nicht im Streit will sie darüber reden, sondern ruhig. Es darf auch nicht wie ein Vorwurf klingen.

Sie glaubt, dass er den Michael manchmal ungerecht behandelt. Sicher nicht mit Absicht. Aber wenn Sabine etwas tut, kann ihr Mann das verstehen. Bei ihr hat er ja auch miterlebt, wie sie aufgewachsen ist. Ganz klein war sie damals noch. Der Michael, der war schon kein kleines Kind mehr, irgendwie ... fast fertig, als ihr Mann ihn kennen gelernt hat. Und an Michael hat ihm von Anfang an einiges nicht gepasst, während er Sabine niedlich finden konnte.

In Michael hat er wohl auch immer ihren ersten Mann gesehen, den Klaus. Das Polternde, Übertriebene, das geht ihm bei Klaus auf die Nerven und bei Michael genauso. Allerdings ist Michael in letzter Zeit sehr viel ruhiger geworden. So ruhig, dass Frau Konrad kaum weiß, wie es ihrem Sohn geht. Er macht eine Menge mit sich selbst ab.

Da kommt Herr Konrad wieder in die Küche. Und sie sagt ihm, was sie eben überlegt hat. Sie sagt das langsam, als würde sie beim Sprechen immer wieder neu darüber nachdenken.

Herr Konrad hört zu, ohne sie zu unterbrechen. Sie erzählt ihm auch noch: »Manchmal habe ich den Eindruck, Michael ist ziemlich allein. Nicht mal mehr den Bernd hat er jetzt, seinen Freund. Dich hat er nicht. Seinen eigentlichen Vater hat er nicht. Der wohnt vierhundert Kilometer weiter im Süden. Dass er mit mir oft Schwierigkeiten bekommt, erlebst du ja.«

Herr Konrad hat sich das mit Michael wirklich leichter vorgestellt. Er dachte, es würde reichen, kameradschaftlich mit ihm umzugehen. Aber er merkt selbst, dass er nicht einmal das immer schafft, wenn Michael trotzig ist, muffig herumläuft und

Sprüche macht. Herr Konrad muss sich sehr bremsen, dann nicht laut und ausdauernd zu schimpfen.

Die Eltern sitzen sich in der Küche gegenüber und trinken noch einen Schluck Bier. Herr Konrad überlegt laut, ob das eigentlich alles typisch für ihn als Stiefvater ist. Oder ob andere, »normale« Väter auch solche Schwierigkeiten mit ihren Kindern haben? Plötzlich steht Michael in der Küche und behauptet, dass er kurz vor dem Verhungern ist. »Gleich gibt's was zu essen«, sagt seine Mutter. »Lass uns noch fünf Minuten allein.«

Michael nickt und geht. Dabei überlegt er, worüber seine Eltern so ernsthaft und geheimnisvoll reden.

Ein blödes Spiel

Was ist denn jetzt wieder los? Mutter und Stiefvater wirken unheimlich lieb. Dahinter steckt doch was. Hat das vielleicht mit dem geheimnisvollen Reden in der Küche zu tun? Schon das Abendessen war so ungewöhnlich friedlich. Die Eltern haben sich wohl vorgenommen, dass das ein schöner Familienabend werden muss. Ob das klappt? Richtig angestrengt haben sie sich, um Bines Tischmanieren zu übersehen. Leicht war das nicht. Rücksichtslos hat sie ihre Spagetti mit Tomatensoße vom Teller gezerrt und sich in den Mund gestopft. Na ja … wenn es wenigstens vom Teller in den Mund gegangen wäre. Aber oft haben die Spagetti noch einen kleinen Umweg gemacht, und zwar mit Tomatensoße.

Bine war begeistert. Sie stopfte, kaute, schluckte und strahlte. Appetitlich war das nicht. Sonst sagen die Eltern bei jeder passenden Gelegenheit: »Bitte, iss so, dass man zugucken kann.« Heute haben sie einfach weggeguckt, die ganze Zeit. Das ist eine Erziehung. Garantiert halten sie das nicht durch, so freundlich zu sein. Ich bin gespannt, wann es schief geht.

Hindernis eins – das gemeinsame Essen – haben sie genommen. Jetzt kommt Hindernis zwei, denn zum Nachtisch fragt Stiefvater, ob wir was miteinander spielen wollen. Das hört sich munter und freudig an. »Klar!«, jubelt Bine sofort und schmiert sich die Tomatensoße noch mal durchs Gesicht.

Der Vorschlag klingt gut, richtig nach Familienleben, und das mitten im Umzug. Toll. Leider klappt das Spielen bei uns bloß oft nicht so gut, wie es klappen müsste, damit es Spaß macht. Das sage ich aber lieber nicht, sonst gelte ich als Familienmuffel.

Das wird ein böses Spiel. Ich ahne das, obwohl jetzt noch alles hervorragend aussieht. Vater und Mutter lächeln. Bine wäscht sich das Gesicht und ich hole das Spiel aus meinem Zimmer. »Mensch, ärgere dich nicht« heißt es.

Mutter sitzt rechts von mir am runden Küchentisch. Sie hat die grünen Steine. Ich bekomme die roten, obwohl ich die gelben will. Die hat sich aber Bine sofort geschnappt und behauptet, dass sie die immer hat. Das stimmt zwar überhaupt nicht, aber ich bin der Ältere und habe schon nachgegeben.

Das war der erste Ärger für mich in dem Spiel. Den schlucke ich noch glatt und fast ohne Schwierigkeiten hinunter.

Rechts neben Mutter sitzt meine Schwester und die will unbedingt gewinnen. Sie guckt so ausgesprochen gierig. Das kenne ich. Neben meiner Schwester und gleichzeitig neben mir sitzt Vater mit den schwarzen Steinen.

Da sitzen wir also eng zusammen um den Küchentisch, beginnen mit dem Würfeln und versuchen uns nicht zu ärgern. Ob das vielleicht doch gut geht? Schön wär's.

Als Erster bin ich dran. Ich brauche eine Sechs und würfele… eine Drei. Jetzt habe ich einen zweiten Versuch. Der

Würfel rollt ... und fällt auf den Boden direkt vor Mutters Füße. Von dort unten leuchtet mir eine prächtige Sechs entgegen und genau die hat mir gefehlt.

Prima, ich kann mit meinem ersten Stein losziehen, denke ich und will das tun. »Nein!«, stoppt mich Schwesterchen da sehr missgünstig und erklärt: »Wenn der Würfel auf dem Boden liegt, gilt die Sechs nicht.«

»So ein Quatsch«, sage ich. »Es ist doch egal, ob ich die Sechs auf dem Boden oder auf dem Tisch würfele. Es bleibt eine.«

»Nein! Das gilt nicht«, behauptet sie und sagt dann, dass bei ihr der Würfel auch mal unten lag und da hat die Sechs auch nicht gegolten. Außerdem steht in den Spielregeln: Der Würfel muss auf dem Tisch liegen.

»Also gut«, sage ich. »Wo sind die Spielregeln? Ich hole sie. Wir sehen nach, ob das stimmt.«

»Die haben wir schon einmal gesucht und nicht gefunden«, sagt Mutter. Stiefvater bleibt hinter seinen traurigen, schwarzen Steinen auch nicht ruhig: »Deine Sechs gilt wirklich nicht«, sagt er.

Der ist ja völlig parteiisch, dieser Schiedsrichter. In mir kocht es langsam. Trotzdem knurre ich: »Na ja ... meinetwegen.« Und ich denke: Ist das ein blödes Spiel.

So, das war der zweite Ärger. An dem schlucke ich länger. Jetzt wiederhole ich den Wurf brav und habe ... wieder eine Sechs. Diesmal liegt sie auf dem Tisch und ich darf noch mal würfeln. Leider reicht es nur zu einer Eins.

Sofort grapscht Schwesterchen nach dem Würfel und würfelt ... auch eine Sechs. Auf dem Würfel sind wohl ziemlich viele Sechsen.

Aber halt mal, sie war gar nicht dran und deswegen sage ich: »Immer schön im Uhrzeigersinn würfeln. Nach mir kommt Papa, danach kommst du.«

Bine schmollt und verlangt: »Dann gilt die Sechs, wenn ich nachher dran bin.«

Ich höre wohl nicht richtig. Sie erfindet ihre eigenen Spielregeln. Jetzt würfelt sie schon auf Vorrat und bei mir stellt sie sich pingelig an, wenn der Würfel runterfällt.

Mutter guckt zu mir und zwinkert. Gleichzeitig verpasst sie mir unterm Tisch einen leichten Stoß.

Ich verstehe, was das bedeuten soll. Komm, lass Bine ihre Sechs. Das ist doch nicht so wichtig, ist nur ein Spiel.

Ich will aber, dass sich auch meine Schwester an die Spielregeln hält, wenn ich mich daran halten muss. Und deswegen tue ich so, als ob ich das Zwinkern und den leichten Tritt überhaupt nicht verstanden hätte.

Wirklich, ich wünsche mir, dass so ein Spiel gut ginge. Aber das kann nur klappen, wenn wir gleich behandelt werden und Bine nicht immer Vorteile haben will, weil sie kleiner ist. Die nutzt das richtig aus. Oh, so finde ich das Spielen mies.

Für mich war das Ärger Nummer drei. Aber die Eltern tun, als wäre nichts gewesen. Es wird weitergespielt. Bines Sechs gilt und ich beherrsche mich mühsam.

Ich habe mit meinem ersten Stein die erste Runde fast hinter mir. Jetzt brauche ich unbedingt eine Zwei, Drei, Vier oder Fünf, dann ist der Stein in Sicherheit und kann nicht mehr rausgeworfen werden. Hinter mir stauen sich die anderen Steine. Sie jagen mich wie Hunde ein Kaninchen.

Ich habe Glück, der erste Hund springt über das Kaninchen. Das war Vaters Stein. Hoffentlich würfelt Bine jetzt keine Drei und Mutter keine Sechs, sonst flieg ich doch noch raus. Bitte keine Drei und keine Sechs. Bitte.

Bine nimmt den Würfel, lässt ihn lange in der Hand hin- und herrollen. Schwesterchen, wehe, du wirfst mich raus.

Und dann fällt der Würfel auf den Tisch. Er klappert und dreht sich lange. Kurz vor dem Tischende bleibt er liegen. Oh... Mist... sie hat eine Drei. Ich bin rausgeflogen. Der Hund schnappt das Kaninchen.

Schicksal. Nicht ärgern, ich weiß ja, wie das Spiel heißt. Aber Bine könnte sich ein bisschen dezenter freuen. Die jubelt nämlich, als wäre es das Tollste für sie, wenn sie mich rausschmeißen kann. Ich glaube, die hat einen schlechten Charakter. Oh, warte, Schwesterchen, ich räche mich.

Gleich darauf wird Bine gejagt. Sie braucht eine Drei, Vier, Fünf oder Sechs, dann ist sie in Sicherheit. Sie würfelt... eine Zwei und muss vor dem Ziel warten. Wir Verfolger kommen immer näher.

Zuerst ist Mutter dran. Die grüne Rächerin. Bitte... lieber Würfel, wünsche ich mir, ... eine Fünf. Bine soll auch rausfliegen.

Der Würfel rollt... und oben liegt... eine Fünf. Hervorragend und genau nach Wunsch.

Aber jetzt denke ich, meine Pupille wird trüb. Mutter rückt nämlich schnell vorwärts und murmelt: »Zwei, drei, vier, fünf.« Dann stellt sie ihre grüne Figur ein Feld hinter Bines gelbe Figur.

Wieso denn das? Bine ist rausgeflogen. Ich gucke zum Stiefvater, der grinst ein bisschen komisch. Ich gucke zu Mutter, die grinst auch komisch. Ich könnte die beiden unterm Tisch treten. Das tue ich aber nicht, sondern gucke zu Bine und die freut sich.

Verdammt! Die schummeln! Das halte ich nicht aus. Ich kann das überhaupt nicht leiden, wenn die Eltern immer alles tun, damit die liebe kleine Bine … dieser Mistbrummer … auch wirklich gewinnt. Gewinnt sie nicht, macht ihr das Spielen keinen Spaß. Aber so macht es mir keinen Spaß.

Ich wusste vorher, das geht schief. Und ich habe mal wieder Recht gehabt. Jetzt gibt es zwei Möglichkeiten für mich, entweder ich beschwere mich oder ich platze. Also beschwere ich mich lieber. »He, das war eine Fünf. Du bist nur vier weitergerückt. Die Bine muss raus!«

»Ach was«, sagt der Stiefvater und probiert es wieder mit dem Zwinkern. Ne, so hat das keinen Zweck. »Entweder die Bine fliegt raus oder ich spiele nicht mehr mit«, sage ich. Meine Schwester jammert: »Der Mick kann nur nicht verlieren.«

Ich möchte wissen, wer hier nicht verlieren kann. Gleich koche ich über. Noch ein Satz und der Deckel hebt sich.

»Kommt, wir spielen weiter«, sagt Mutter. Sie ändern das nicht mehr und Bines Figur bleibt stehen. Na gut … oder vielmehr na schlecht, ich spiele nicht mehr mit, habe keine Lust dazu. Ich stehe auf und verschwinde. Mutter sagt noch: »Mensch, musst du das denn so ernst nehmen?«

Also, ich habe mich wirklich bemüht. Ich habe das Spielbrett mit den Figuren nicht umgeworfen vor Wut. Ich habe die Tür nicht zugeknallt. Ich bin nur gegangen. Und die anderen sitzen in der Küche und würfeln weiter. Die Eltern sind wohl wirklich fest entschlossen, sich den Familienabend durch nichts verderben zu lassen.

Eine ganz normale Familie.
Fünfter Bericht.

Michael ärgert sich in seinem Zimmer darüber, dass er immer nachgeben muss und Sabine bevorzugt wird. Und die Eltern in der Küche ärgern sich, weil Michael so kleinlich ist. Bevor der Ärger aber richtig groß wird, fällt Frau Konrad ein, die Familie sollte sich endlich bei den Nachbarn vorstellen.

Sabine und Herr Konrad nicken zu der Idee. Michael schüttelt den Kopf. Wenn er nur daran denkt, wie sie durch das Haus traben, Händchen drücken, ihr Sonntagsgesicht zeigen und einen guten Eindruck machen sollen, wird ihm komisch. Dann meint Mutter noch, dazu müsste man sich umziehen. Michael findet das ganze Theater sowieso überflüssig. Und dass das verkleidet stattfinden soll, kann er überhaupt nicht einsehen.

Ein paar Minuten später steht der größere Teil der Familie ziemlich sonntäglich im Flur. Michael streicht sich mit den Händen durch die langen Haare. Damit ist auch er fertig.

Jetzt zieht die Familienkarawane durch das Haus, Sabine voran, die Eltern hinterher. Lustlos trottet Michael als Schlusslicht.

Sie stellen sich bei Greunes, Kalos, Kirschnings, Knusts, Franks und Rechenbachs vor. Familie Frank hat einen achtjährigen Sohn. Als Sabine den entdeckt, spielt sie gleich mit ihm. Michael findet niemanden in seinem Alter, was seine Laune nicht gerade hebt.

Die Erwachsenen ziehen freundliche Gesichter. Man erzählt kurz etwas über das Wohnen hier, über die Umgebung, den Hausbesitzer und die Einkaufsmöglichkeiten.

Schließlich stehen die Konrads und Michael wieder vor der Wohnungstür. Sabine spielt noch bei Franks. Hektisch sucht Frau Konrad den Wohnungsschlüssel in ihrer Tasche und Herr Konrad sucht ihn in seiner. Und dann ist klar, der Schlüssel liegt in der Wohnung, und die Familie steht davor.

Im Auto liegt ja ein Ersatzschlüssel. Aber leider liegt auch der Autoschlüssel in der Wohnung.

Bevor Herr Konrad hier einen Handwerker findet, der die Wohnungstür aufbricht, will er das kleine Seitenfenster des Wagens einschlagen und den Ersatzschlüssel holen. Den Hammer dazu leiht er sich in der ersten Etage.

Entschlossen knallt Herr Konrad gleich darauf den Hammer gegen das Fenster. Aber wohl doch nicht entschlossen genug, denn das Glas gibt nicht nach. Der nächste Schlag ist kräftiger, trotzdem übersteht das kleine Fenster auch diesen Angriff. Herr Konrad will es zum dritten Mal versuchen, als ein Mann im weißen Kittel aus dem Lebensmittelladen herüberrennt. Er lässt sich alles berichten. Dann sieht der Weißbekittelte die Wagentür genau an und meint: »Moment, ich bin gleich wieder da.«

Als er zurückkommt, bringt er einen Löffel und ein Stück Draht mit, dessen Ende zu einem Haken gebogen wurde. Das rechte große Seitenfenster des Wagens ist oben nicht völlig geschlossen. Ein winziger Spalt steht offen. In diese kaum sichtbare Lücke schiebt der Mann den Löffelstiel zwischen das Gummi und den Metallrahmen. So drückt er Gummi und Glas auseinander. Durch die Öffnung schiebt er den Draht. Jetzt angelt er mit dem Haken nach der Türverriegelung und zieht sie auf. Zum Abschied sagt er: »Wenn das mit dem Laden mal überhaupt nicht mehr klappt, klau ich Autos.«

Die Konrads staunen, wie einfach das ging. Bevor sie sich bedanken können, verschwindet der Mann im Laden. Und dann entdeckt Michael … das Mädchen mit dem blauen T-Shirt und den Jeans steht an der Ladentür. Die hat er doch schon einmal gesehen. Wahrscheinlich ist das die Tochter vom Mann im weißen Kittel, denkt er und beschließt: Morgen werde ich freiwillig einkaufen.

Zu dritt gehen sie durch das Treppenhaus. Den Wohnungsschlüssel hält Frau Konrad fest in der Hand.

Alles in Ordnung?

Schon wieder eine Nacht vorbei und ich lebe eine weniger. Das muss man sich mal vorstellen. Die Zeit ist einfach weg. Ich könnte überhaupt mal ausrechnen, wie lange ich noch zu leben habe, wenn alles gut geht. Da bin ich aber gar nicht so ganz sicher, denn die Zeitungsmeldungen und Fernsehnachrichten klingen nicht unbedingt danach.

Weil ich ja nicht weiß, wie viel Zeit ich habe, müsste ich den Rest gut ausnutzen. Das wäre doch völlig logisch. Ich sollte zum Beispiel was erleben, sonst steht mal auf meinem Grabstein: war alles ziemlich öde.

Aber was erlebe ich? ... Einen dämlichen Umzug in eine dämliche Stadt und sonst nichts. Das ist ein Leben und es geht vorbei.

Ich stecke gerade in der schönsten Nachdenkerei, da düst jemand mit dem Staubsauger durch mein Gehirn. Das saugt mir die Gedanken weg. Es ist blöd bei uns, richtig zum Nachdenken kommst du nur selten. Dabei stört einen immer was oder wer. Jetzt hämmert auch noch jemand mit voller Kraft in der Wohnung herum, als wollte er die Wände kaputtschlagen. Bestimmt ist das mein Stiefvater. Jaja, die Eltern sind fleißig. Ich war es übrigens genauso. Fast alles in meinem Zimmer hängt, steht oder liegt an seinem Platz.

Gefrühstückt habe ich. Was tue ich heute sonst noch? Ich ahne ja schon, dass der Tag wieder nicht allzu überragend wird. Wenn er nichts bringt, muss ich was bringen.

Zum Einkaufen wollte ich, obwohl das eigentlich nicht meine Lieblingsbeschäftigung ist. Mich lockt nur das Mädchen drüben im Laden. Außerdem will ich meinen Eltern heute unbedingt eine Ansprache über Kindesunterschlagung auf dem Türschild halten. Ich habe eine Menge vor, also los.

Gerade marschiere ich voller Morgenschwung über den Flur, da trifft mich das Telefon von hinten in den Rücken. Man erschrickt sich doch glatt zu Tode, wenn das Ding so unzart herumtönt. Noch fast unter Schockwirkung hebe ich den Hörer ab: »Michael Brettschneider.«

»Öffentliche Bücherei«, meldet sich eine Stimme. »Ich verbinde mit Herrn Brettschneider.« Mensch, mein Vater ruft an, mein richtiger, freue ich mich, während es im Apparat knackt. Er arbeitet in dieser Bücherei und ich höre auch schon seine tiefe Stimme: »Brettschneider.«

»Hier ist Mick«, sage ich. »Grüß dich.« Danach sagt er etwas. Leider verstehe ich kein Wort, weil meine Mutter mit dem Staubsauger herumfuhrwerkt und das Gespräch enorm stört. »Ruhe!«, brülle ich und sie stellt den Staubsauger im Wohnzimmer wirklich ab. Mein Biologischer fragt vierhundert Kilometer weiter: »Was ist los?«

»Ich meine dich nicht«, sage ich.

»Wie geht's?«, will er wissen.

»Geht so«, sage ich, mehr nicht. Wie ich das sage, klingt das ziemlich dürftig. Er müsste sofort kapieren, dass das hier alles mäßig für mich läuft. Aber er sagt nur: »Na, dann ist es ja in Ordnung.«

Meint er, na ja. Wahrscheinlich sollte ich ihm was durch das Telefon vorheulen, damit er mitkriegt, wie es mir geht. Es ist gar nichts in Ordnung, auch wenn er das hören möchte.

Ich muss irgendwas in die Muschel sagen, sonst kommt sie sich überflüssig vor. Ne, schon nicht mehr nötig, denn Vater sagt etwas: »Ich möcht mal deine Mutter sprechen.«

»Hm«, mache ich. »Deine Mutter«, ... wie das klingt. Mit ihr war er verheiratet. Das merkt man überhaupt nicht, wenn er das so sagt. Dafür merke ich immer mehr, dass er eigentlich gar nicht mit mir reden will. Ich bin hier nur die Telefonvermittlung. Da spiele ich nicht mit und deswegen fange ich an zu quasseln, aus Trotz und irgendwas. »Och, weißt du«, sage ich, »mein Zimmer müsstest du sehen. Richtig toll ist es. Besser als bisher. Und eine Menge Leute gibt es hier in der Straße. Ich finde prima, dass wir umgezogen sind.«

»Klingt gut«, meint er. »Dann ist ja alles in Ordnung.« Schon wieder sagt er das. Dem fällt wohl nichts anderes ein. Irrtum, jetzt kommt hinterher: »Sei mir nicht böse, Mick. Das ist ein Diensttelefon und ich darf von dem Ding keine so langen Ferngespräche führen, sonst kriege ich Ärger. Komm, hol schnell deine Mutter. Ich möchte mit ihr besprechen, wann ich euch mal besuchen kann.«

»Mach ich«, sage ich und: »Tschüss!«. Jetzt rufe ich: »Barbara!« Mein biologischer Vater weit entfernt soll schließlich nicht vergessen, wie seine ehemalige Frau heißt. Das könnte man nämlich fast meinen, wenn er was von »deiner Mutter« sagt. Oh ... ist das bei uns alles kompliziert und blöde.

Ich übergebe meiner Mutter den Hörer, verkrümele mich

in mein Zimmer und setze mich auf das Sofa. Vor Wut könnte ich in die Telefonschnur beißen, weil das Reden mit meinem richtigen Vater eben so schlecht gelaufen ist. Dabei habe ich mich eigentlich gefreut, dass er anruft.

Ne ... ich beiße lieber doch nicht in die Schnur. Davon bekomme ich bestimmt einen elektrischen Schlag, dass mir der Unterkiefer flattert. Bekomme ich den wirklich? Nicht mal das weiß ich genau, so was Blödes. Ach ... jedenfalls ist das Telefon eine fast genauso beknackte Erfindung wie der Spiegel.

Der Tag hat mit einem absoluten Fehlstart begonnen. Am besten, ich lege mich hin und mache die Augen und Ohren zu. Höre nichts. Sehe nichts. Denke nichts. Dann geht wenigstens nicht allzu viel schief. Schafft man das? Einfach nur so daliegen und völlig abschalten?

Ich probiere das. So ... schon liege ich. Die Abschalterei klappt trotzdem nicht, denn mir fällt wieder ein, hier bin ich umzingelt von Leuten, die nichts mit mir zu tun haben wollen. Ich war sicher, dass mein Biologischer da eine Ausnahme ist. Wenn es mir mal mäßig geht, denke ich immer: Gut, dass ich wenigstens ihn habe. Mit dem kann ich reden. Aber Pustekuchen, der hat Angst, dass die Telefonrechnung in der Bücherei zu hoch wird.

Ruhig, Mick, sage ich mir, du wolltest abschalten. Leider schaffe ich das nicht, weil ich essigsauer auf mich bin. Es ist ja auch wirklich zu dämlich, dass ich am Telefon so herumspinne. Wenn mein Vater jetzt zu uns kommt, kann ich ihm überhaupt nicht mehr klarmachen, was für eine Quälerei der Umzug für mich ist. Schließlich habe ich ihm erzählt, wie toll das hier läuft.

Über den ganzen Mist müsste ich mit jemandem reden. Aber mit wem? Früher habe ich so was meinem Teddy erzählt, wenn sonst niemand da war.

Wo steckt der Bär überhaupt? Der ist schon den ganzen Tag verschwunden. Hoffentlich hat ihn beim Aufräumen keiner weggeschmissen. Der Gedanke reißt mich richtig vom Sofa. Den Bären habe ich nämlich schon urlange, der gehört zu mir. In der alten Wohnung musste er früher immer mit in meinem Bett schlafen, der Bär. Heute brauche ich so ein Kuscheltier ja nicht mehr.

Jetzt lüge ich mich selber an. Also… wenn ich ganz ehrlich sein will, muss ich zugeben, dass ich bis vor kurzem manchmal immer noch mit Teddy ins Bett gegangen bin. Geredet habe ich auch mit ihm, nachts und im Dunkeln.

Wo ist der Kerl? Ich springe auf und wühle mich durch meinen Schrank wie eine Herde Maulwürfe durch die Erde. Aber nirgends finde ich eine Spur vom Bären.

Plötzlich fällt es mir wie Schuppen von den Augen. Ich kann doch in meinem Alter nicht nach einem Teddy suchen. Schluss damit, ganz klar.

Mitten in meinem Zimmer stehe ich und entscheide, der Bär bleibt, wo er ist. Teddy suchen, das geht nicht, erkläre ich mir. Bestimmt steht auch im schlauen Erziehungsbuch meiner Mutter, dass Kuscheltiere für Leute meiner Entwicklungsstufe nicht altersentsprechend sind. So klingt das in dem Buch. Da platzt dir das Trommelfell, wenn du das hörst.

Ich stehe also hier und suche ihn nicht, den Bären. Das Dumme ist nur, ich denke trotzdem die ganze Zeit darüber nach, wo sich der Mistkerl versteckt. Er fehlt mir! Ich möchte ihn haben. Verdammt! Und wenn das zehnmal nicht altersentsprechend ist. Also springe ich wieder zum Schrank und wühle.

Pubertät ist ein widersprüchliches Alter, steht bestimmt auch im Erziehungsbuch meiner Mutter. Ich glaube, den Satz habe ich wirklich darin gelesen. Also darf ich suchen, weil ich widersprüchlich bin. In mir sind zwei Micks. Einer, der den Bären will, und einer, der ihn nicht will. Und der erste Mick hat gewonnen.

Der Bär ist da! Endlich. Er liegt in der Schrankecke, versteckt hinter der Spielesammlung. Schön weich fühlt er sich an. Hast ein gutes braunes Fell, Alter, richtig abgegrabbelt. So … und jetzt verstecke ich dich in deiner Höhle unter meinem Bett. Braucht ja nicht jeder sofort zu sehen, dass wir immer noch was miteinander haben.

Gerade im Moment, als ich den Bären unter das Bett schiebe, steht meine Mutter in der Tür. Ich spüre richtig, wie ich einen tomatenroten Leuchtkopf kriege. Wahrscheinlich wirkt das, als hätte sie mich mit einem Porno erwischt. Dabei war es der Bär.

Hat sie's gesehen? Ne … ich glaube nicht. Meine Tomate entfärbt sich langsam wieder und Mutter sagt: »Du, am Sonntag kommt Klaus.«

»Hm«, brumme ich und klinge nur wenig entzückt.

»Freust du dich nicht?«, fragt sie.

»Hm«, brumme ich noch mal.

Vor dem Telefongespräch mit meinem Biologischen hatte ich mich auf seinen Besuch gefreut. Jetzt tue ich's nicht mehr. Meine Mutter hat natürlich keine Ahnung, was los ist, und geht raus. Wahrscheinlich sagt sie dem Stiefvater, dass Besuch kommt. Gegen Besuch hat er normalerweise nichts. Aber gegen diesen Besuch hat er was. Das merke ich immer deutlich, auch wenn der Nichtbiologische noch so freundlich tut. Er kann einfach nicht leiden, wenn mein Vater kommt. Und dann kann ich ihn nicht leiden, den Stiefvater.

An Schwesterchens Lautstärke erkenne ich, dass auch sie von unserem Besuch etwas weiß. Oh… hat die eine Sendeanlage. Man müsste diesen Kreischknödel abstellen können, dann wäre er erträglicher.

Das wird heute ein matter Tag. Ich ahne das die ganze Zeit. Dabei hatte ich mir eine Menge vorgenommen, zum Beispiel die Beschwerde wegen des Türschildes. Gut, die verschiebe ich mal wieder. Vor allem wollte ich ja zum Einkaufen gehen. Aktion: blaues T-Shirt.

Bisher konnte ich das Mädchen nur aus der Ferne beäugen, und zwar mit mindestens siebzig Meter Abstand, Luftlinie. Jetzt sollte ich mal näher kommen und mich zeigen. Also los … Mick, sporne ich mich an. Vielleicht gibt es etwas einzukaufen.

Hoffentlich entpuppt sich das Mädchen nicht als eines, das nur aus der Ferne etwas fürs Auge ist. Dann kommst du näher und es wird immer schlimmer, bis du ganz nah bist und vor einem echten Scheusal stehst. Bei meinem Glück ist das sehr wahrscheinlich.

Ich bewege mich mal wieder über den Flur und was empfängt mich da? Die sind wohl wahnsinnig, meine Eltern. Haben die doch rechts gegenüber meinem Zimmer und neben die Flurgarderobe einen Spiegel gehängt. Ein Riesending. Und wen sehe ich darin? Na, wen wohl? Erraten. Der Blick in den Spiegel ist ein K.o. für mein Selbstbewusstsein.

Mein Pickel wurde nicht kleiner. Er wirkt wie ein Felsen in der Gesichtslandschaft. Mit der Verzierung muss ich unbedingt von rechts kommen, wenn das blaue Mädchen nachher im Laden steht. Die Gesichtsseite ist eindeutig besser. Ganz klar.

Als ich den Küchentürgriff in der Hand halte, ruft Schwesterchen: »Mick!« Die fehlt mir gerade noch. Aber na ja, gut, ich komme schon.

Eine ganz normale Familie.
Sechster Bericht.

Eigentlich will Sabine mit Michael spielen. Und obwohl Michael einkaufen will, spielt er mit seiner kleinen Schwester. »Aber nur ganz kurz«, sagt er und wirft gleich darauf aus Versehen ihren Bauklotzturm um. Dafür beschimpft sie ihn und er beschimpft sie, weil sie ihn beschimpft. Weil er lauter schimpfen kann, tritt sie. Deswegen kniet er im nächsten Augenblick auf ihr und sie spuckt.

Sicher würde der Streit weitergehen, aber da hören sie lautes Schimpfen aus dem Wohnzimmer. »Die Eltern zanken«, sagt Michael.

Die Geschwister stehen nebeneinander. Sie sehen zur Wand, durch die sie ihre Eltern hören. »Warum streiten die?«, fragt Sabine ihren Bruder.

Bevor der antwortet, sagt der Stiefvater wütend und laut, dass ihm das ganze Wochenende verdorben ist, wenn Klaus kommt. Mutter sagt genauso wütend, der Ehemalige kommt nicht das ganze Wochenende, sondern nur am Sonntag. »Nur?«, fragt der Stiefvater.

»Stell dich nicht so an, er kommt selten genug«, behauptet Frau Konrad. »Ich hör wohl nicht richtig?«, fragt der Stiefvater und beschwert sich, dass er überhaupt nicht gefragt wird, ob er mit dem Besuch einverstanden ist. Dann sagt er undeutlich etwas von »meiner Wohnung«.

»Unsere Wohnung«, korrigiert Mutter Konrad ihn. Dazu nicken die Geschwister hinter der Wand. Auf der anderen Seite schimpft Herr Konrad, wie sehr ihn die Art des Ehemaligen nervt, dieses großkotzige Getue. Frau Konrad sagt, sie ist froh, dass sich ihr Ehemaliger dazwischen mal um die Kinder kümmert. Herr Konrad ist da anderer Meinung. Er sagt: »Der taucht hier auf wie der Weihnachtsmann und spielt in unserer Wohnung Sonntag mit den Kindern.« Das stört Herrn Konrad schon seit sieben Jahren. »Wär's dir lieber, er käme und würde die Kinder ins Kino abholen oder in den Zoo?«, fragt Frau Konrad.

So geht das hinter der Wand ziemlich laut weiter. Die Erwachsenen fallen sich ins Wort, werden wütender. Michael hat das alles schon öfter gehört, Sabine nicht. »Die sind doof«, sagt sie. »Und er ist besonders doof«, sagt sie auch noch und meint den Stiefvater.

Dann erschrickt Michael, denn Sabine fragt: »Meinst du, die scheiden sich?« Michael schüttelt den Kopf. Gleichzeitig denkt er daran, dass sich auch sein ehemaliger Vater und seine Mutter vor ihrer Scheidung häufig stritten. Wegen ihrer lauten Stimmen lag er oft lange wach. Er wünschte sich, seine Eltern sollten sich vertragen. Aber sie stritten immer öfter und immer öfter wurde von Trennung geredet.

Er konnte sich nicht vorstellen, ohne seinen Vater oder seine

Mutter zu leben. Und bei wem sollte er wohnen? Sie dürfen sich nicht trennen, wünschte er sich. Nur das nicht. Er hatte riesige Angst davor. Aber sie trennten sich.

Jeder laute Streit der Erwachsenen erinnert ihn an diese Angst. Michael weiß noch sehr genau, wie fürchterlich er alles fand. Sabine war damals winzig, ein Baby.

Die Stimmen der Eltern im Wohnzimmer klingen ausdauernd wütend. Sabine wird jeden Augenblick losweinen, das ist gar nicht zu übersehen. Plötzlich grinst Michael. Er nimmt einen dicken Filzstift und malt einen handgroßen grünen Kreis an die frisch gestrichene Wand, hinter der die Eltern streiten. Daneben malt er noch einen. »Das ist der Knopf für den Stiefvater«, sagt er. »Und der andere ist für Mama.« Sabine versteht das nicht sofort und Michael erklärt es ihr. Die Knöpfe sind zum Laut- und Leisestellen, wie beim Radio. Jetzt lacht Sabine.

Die Geschwister stehen nebeneinander. Ihre Eltern im Wohnzimmer streiten und wissen gar nicht, dass Sabine und Michael es sind, die im Kinderzimmer an den Knöpfen drehen und ihre Eltern laut und leise stellen.

He, guck doch mal!

Da erschrickst du ziemlich, wenn deine Eltern so aufeinander herumhacken. Das ist viel schlimmer als ein Streit zwischen Sabine und mir, gar kein Vergleich. Was passiert denn, falls die sich wirklich scheiden lassen? Ich weiß ja, wie plötzlich das gehen kann und wie einen das für Jahre aus den Latschen haut, bis du langsam immer weniger an die Katastrophe denkst. Also, das möchte ich auf keinen Fall zum zweiten Mal erleben.

Irgendwie passt das heute immer noch nicht in meinen Kopf, dass es meine richtigen Eltern nicht miteinander ausgehalten haben. Sie waren zu unterschiedlich, hat Mutter erzählt. Und dann gab es da noch etwas mit einer anderen Frau und meinem Vater und mit dem Stiefvater und meiner Mutter. Das hat mir aber niemand genau erklärt. Eigentlich möchte ich es gerne wissen. Ob ich meine Mutter mal frage?

Komisch ist, dass sie heute ganz gut miteinander auskommen, mein Biologischer und meine Mutter. Na ja, sie sehen sich auch nur kurz.

So… ich habe keine Lust, mich in der Küche festzudenken und Wurzeln zu schlagen. Einkaufen wollte ich.

Die Eltern sind leiser geworden, merke ich. Jetzt gehe ich

mal einfach ins Wohnzimmer und tue so, als wäre gar nichts gewesen.

Tür auf und schon bin ich drin. Meine zwei Stück Eltern stehen etwas rot im Gesicht herum und sind ruhig. Wahrscheinlich beide total erschöpft und ausgestritten, so was entkräftet. »Soll ich einkaufen?«, frage ich.

Mütterchen sagt: »Ja ... Moment. Komm mit in die Küche.«

Sie öffnet die Kühlschranktür und zählt auf, was alles fehlt: »Zwei Liter Milch, zehn Eier, ein halbes Pfund Butter, ein Paket Magerquark und Brot.«

»Wird erledigt«, sage ich und ich glaube, sie fühlt sich ziemlich erleichtert, weil sie dem Streit entkommen ist. Jetzt drückt sie mir Geld in die Hand. »Halt«, fällt mir ein. »Taschengeld kriege ich noch ... und ein bisschen mehr als bisher wäre gut«, sage ich gleich dazu.

Meine Mutter stöhnt und ich merke, sie ist wieder die Alte. »Zwanzig Mark im Monat sind nicht gerade das Gelbe vom Ei«, erkläre ich, »dafür kriegst du gerade eineinviertel bespielte Kassetten.«

»Oder vierzig Päckchen Kaugummi«, sagt diese Schnellrechnerin, dabei mag ich Kaugummi gar nicht. Bevor ich ihr das auseinander setzen kann, sagt sie: »Also ... es gibt mehr Taschengeld, wenn wir merken, wir kommen mit dem Geld zurecht. Weißt du, die Miete ist hier teurer, und am Anfang verdient Paul etwas weniger als bisher. Aber in ein paar Monaten kriegt er wahrscheinlich mehr.«

»Einverstanden«, sage ich, denn echte Argumente sehe ich ein.

Jetzt bin ich endlich draußen und renne die Treppenhausstufen hinunter. Dabei düse ich fast jemanden um, der mir sein »Guten Tag« entgegenschmettert. »Grüß Gott«, kriegt er von mir zurück. Dann fege ich aus dem Haus, über die Straße und zum Laden.

Eigentlich ist das ein richtig netter, etwas mickeriger Tante-Emma-Laden. Ich stehe drin und bin garantiert nicht auf Tante Emma gespannt, sondern auf das Mädchen. Aber Pustekuchen, der Laden ist leer. Genauso leer und scheintot wie die ganze Straße.

Mich tröstet auch gar nicht, dass zwischen den Regalen jetzt so ein männlicher Mensch in Weiß auftaucht. Das ist der, der gestern den Rettungsengel bei unserem Auto gespielt hat.

Ich wusste vorher, der Tag bringt nichts. Da kann man sich noch so anstrengen. Alles total tot. Wahrscheinlich ist der Mann in Weiß der Leichenbestatter und begräbt den Tag.

Ich sollte umdrehen und verschwinden. Aber bevor ich das tue, raffe ich ins Einkaufskörbchen, was sich meine Mutter für den heimischen Kühlschrank gewünscht hat.

Als ich dann an der Kasse stehe, fragt der weiße Rettungsengel: »Na, alles fertig in der neuen Wohnung?« Er hat mich erkannt, wahrscheinlich am Pickel. »Fast«, sage ich, bezahle und trotte über die Straße in unsere Wohnung.

Meine Mutter räumt in den Kühlschrank, was ich mitgebracht habe, und fragt: »Wo ist der Quark?«

»Vergessen«, kann ich da nur stöhnen. Irgendjemand vergisst bei uns immer irgendwas. Wir sind ein richtiger Schusselhaufen. Und was man nicht im Kopf hat … also gut, ich sprinte die Treppe runter und über die Straße. Ein Düsenjäger ist ’ne Schnecke gegen mich. Sekunden später bremse ich mit quietschenden Turnschuhen im Laden.

Was ist denn jetzt los? Ich denke an nichts Gutes und da stehen weder Tante Emma noch Onkel Emma im Laden. Ne … viel besser, Emmatochter hat sich hinter der Tiefkühltruhe aufgebaut und räumt darin herum.

Mann, ist das gut verpackt. Ich meine nicht, was sie einräumt oder umräumt, die steif gefrorenen Enten, Hasen und das Zeug. Ich meine sie, Emmatochter in blauem T-Shirt und blauen Jeans. Das passt alles prima … zu ihr und überhaupt. Meine Augen mögen sie und bleiben richtig an ihr hängen.

Leider guckt sie nicht zu mir. Wirklich, sie beachtet mich keinen Augenblick. So was Doofes. He, guck doch mal. Ne, das tut sie nicht. Wahrscheinlich ist das auch besser, fällt mir ein, und ich denke an meinen Leuchtpickel. In dem Moment sagt sie: »Suchst du was?« Verdammt! Sie sagt das von der falschen Seite und direkt auf den Pickel zu. Weil ich nicht antworte, fragt sie noch mal über die Tiefkühltruhe voller toter Tierchen weg. Ihre Stimme klingt gar nicht frostig. Schön klingt sie, zum Mögen.

»Meinst du mich?«, frage ich und merke sofort, dass mir kaum eine blödere Gegenfrage hätte einfallen können. Außer mir steht nämlich niemand im Laden. Sie erfasst das blitzschnell und will wissen: »Wen soll ich sonst meinen?«

»Ich hab … vorhin eingekauft …«, stottere ich. Sie unterbricht mich und sagt: »Und den Quark liegen lassen. Hat mir mein Vater schon erzählt. An der Kasse steht er und bezahlt ist er ja.«

»Danke«, sage ich und sehe das einsame Päckchen Quark neben der Kasse.

»Bitte«, sagt sie. Mir muss was einfallen, sonst ist das Programm zwischen uns zu Ende. Aber leider fällt mir mal wieder kein vernünftiger Satz ein, wenn ich einen brauche. Die grauen Zellen streiken. Deswegen drehe ich mich von der Kasse weg und gehe.Weil ich denke, das Mädchen beobachtet mich dabei, bewege ich mich ziemlich staksig. Meine Arme und Beine behindern mich richtig. Schlackern herum und gehören mir gar nicht.

Im letzten Augenblick habe ich doch noch eine hervorragende Idee und die bringe ich locker über die Lippen: »Ich möchte ein Eis.« Die Idee ist deswegen so hervorragend, weil ich erstens zur Tiefkühltruhe muss, wo sie steht, und zweitens esse ich wirklich gerne Eis.

»Was für eines willst du?«, fragt sie.

»Was habt ihr denn?«

»Guck mal.« Ich sehe in die Tiefkühltruhe und in der liegt jede Menge Gefrorenes mit Geschmack herum. Aber so genau wähle ich gar nicht aus. Schließlich steht das Mädchen neben mir und diesmal auf der richtigen Seite. Pickelabgewandt. Und mit einem halben Blick erkenne ich, sie ist auch aus der Nähe überhaupt nicht scheußlich. Im Gegenteil.

Ich würde sie gerne länger begucken, leider muss ich mich für ein Eis entscheiden. Verdammter Stress! Da gibt es doch irgendwelche Viecher, die mit einem Auge nach links und mit dem anderen nach rechts sehen können. So eine Optik stelle ich mir optimal vor.

Wild entschlossen zeige ich mal einfach auf ein Eis. Hoffentlich ist es nicht gerade die größte Familienpackung. Ne, zum Glück nicht. Aber als ich richtig hinsehe, merke ich, ich habe die zweitschlechteste Sorte erwischt, die ich kenne. Die bezahle ich dann und höre noch ein »Tschüss«.

»Tschüss«, sage ich.

»Vergiss den Quark nicht«, kommt hinter mir her. Ich könnte zusammenbrechen, denn dieses völlig nebensächliche blasse Zeug steht schon wieder alleine und vergessen an der Kasse herum. Das Mädchen muss mich ja für einen absoluten Obertrottel halten.

Ich nehme den Quark in die Hand und gehe aus dem Laden. Guckt sie hinter mir her? Ich weiß nicht und ich kann mich doch nicht umdrehen, sonst denkt sie noch, ich denke, sie guckt hinter mir her, denke ich.

Kaum bin ich in unserem Haus, lauert wieder ein Nachbar. Ne, diesmal ist es eine Nachbarin. Sie will ihr »Guten Tag« unbedingt loswerden. Ich glaube, das soll eine Dauerprüfung sein, ob der Große von den Neuen im Haus – also ich – auch immer fein zurückgrüßt. Das tue ich dann, laut, höflich und wohlerzogen.

Irgendwie freue ich mich, während ich die Treppe hochgehe. Natürlich nicht über das Grüßen, nur einfach so, weil ich das blaue Mädchen gesehen habe. Obwohl ich mir sagen muss: Mick, du hast dich im Laden ziemlich dusslig angestellt. Aber eines tröstet mich, es gibt hier wirklich einen Menschen in meinem Alter zwischen all den Babys und Scheintoten. Das hätte ich fast nicht mehr für möglich gehalten. Ich könnte den Quark hochwerfen, so gut finde ich das. Allerdings verkneife ich mir die Quarkhochwerferei lieber doch, denn Quark an der Decke sieht nicht so besonders prächtig aus.

Meinen fehlenden Namen an der Haustür hätte ich beinahe vergessen. Daran merke ich, dass im Augenblick wirklich wenig Platz zum Ärgern in mir ist.

Ich klingle wie wild. »He«, sagt der Stiefvater beim Türöffnen. »Mach den Knopf nicht kaputt.«

»Keine Angst«, sage ich. Und als Nächstes lasse ich das mit dem fehlenden Namen an der Tür endlich auf ihn los. »Ich finde das bescheuert«, sage ich hinterher und klinge wohl ziemlich deutlich.

»Hm«, macht er und sagt: »Du, Barbara und ich haben gedacht, dass das für den Anfang besser wäre. Wenn da zwei Namen stehen, müssen wir allen unsere Familienverhältnisse erklären. Das möchten wir nicht. Irgendwann kommt dann auch ein neues Schild mit euren Namen an die Tür.«

Irgendwann… das sagt er gerne, wenn er etwas verschieben will. Ich kenne das und bin überhaupt nicht damit einverstanden. Außerdem finde ich es ziemlich doof, dass sich die Eltern genieren, weil bei uns nicht alles so ist wie sonst üblich. Genau, die genieren sich.

Auf Streit habe ich jetzt keine Lust, deswegen bleibe ich ruhig. Aber ich werde den Stiefvater daran erinnern, dass das mit dem Schild geändert werden muss. Das nehme ich mir fest vor und bringe meiner Mutter den Quark. Und sie fragt: »Hast du meine Brille gesehen?«

Die fehlt ja schon wieder, ich falle um. Und diese Mutter will mir Ordnung beibringen, das klappt doch nie. »Ne, ich habe sie nicht gesehen«, sage ich. »Ich schwör's.«

»Die ewige Sucherei macht mich kribbelig«, schimpft sie. »Wir haben einfach zu viel Krimskrams rumstehen. Da kann man nichts finden.«

»Hier ist die Brille«, höre ich den Stiefvater aus dem Badezimmer. Er hat mal wieder Familienspürhund gespielt. Ich grinse vor mich hin, weil ich mir vorstelle, wie er mit der Nase auf dem Boden durch die Wohnung schnüffelt. Dabei sehe ich ihn richtig. Wenn ich mir so was vorstelle, denke ich manchmal, ich hätte eine Meise. Ob es in anderen Köpfen auch so zugeht?

»Gute Laune?«, fragt mein altes Mütterchen und ich nicke. »Wenigstens einer«, sagt sie und denkt wohl an den Krach, den sie vorhin hatte. »Ich glaube, wir sind zurzeit alle ziemlich gestresst«, meint sie.

Im nächsten Augenblick passiert etwas Seltsames. Sie nimmt mich einfach in den Arm, mitten in der Küche und um 11.05 Uhr am Vormittag. Sonst stört mich das, wenn sie so an mir herumdrückt. Das passiert auch nur noch alle Jubeljahre. Heute stört es mich eigentlich gar nicht. Ich drücke sogar kurz zurück. Natürlich drängelt sich Schwesterchen dazwischen, dieser Eifersuchtsklotz. Die verträgt nicht, dass ohne sie gedrückt wird. So … Schluss damit, bevor das zu einer Massenknutscherei ausartet.

Aus dem Wohnzimmer sehe ich schnell zum Laden hinüber. Keine Spur vom Mädchen in Blau, leider. Dann gehe ich in mein Zimmer, setze mich auf das Bett und überlege: Ob sie meinen Pickel bemerkt hat? Vielleicht hat sie auch einen, das wären zusammen zwei. Meiner und ihrer, ein Pickelpärchen. Bei ihr kann man das nicht richtig erkennen, weil ihre Haare etwas vor dem Gesicht hängen, fast wie meine. Ihre sind dunkelbraun, glaube ich jedenfalls. Dass sie Leuchtaugen hat, das weiß ich hundertprozentig. Ungefähr so groß wie ich ist sie und schmaler als ich. Na ja … nicht überall natürlich und zum Glück, soweit ich das sehen konnte. Ich muss sie noch mal genauer begucken. Ein kleines Stück brauner Haut mit Silberkettchen gibt es an ihrem Halsausschnitt. Gefällt mir.

Morgen gehe ich bestimmt wieder einkaufen, nehme ich mir vor. Moment mal, wo habe ich eigentlich mein Eis hingelegt? Ach, auf den Wohnzimmertisch. Ich hole es, sitze da und lutsche. Dass es die zweitschlechteste Eissorte ist, macht nicht so sehr viel, morgen kaufe ich mir besseres.

Wie das Mädchen wohl heißt? Julia würde zu ihr passen, fällt mir ein. Julia ... den Namen mag ich. Aber ich kann sie doch nicht einfach Julia nennen. Ich kenne sie ja gar nicht. Das sollte anders werden, nehme ich mir vor. Aber wie schaffe ich bloß, dass das wirklich anders wird?

Ach, so ein richtig kaputter Tag ist das doch nicht, obwohl er ja mit einem echten Fehlstart angefangen hat.

Eine ganz normale Familie. Siebter Bericht.

Herr und Frau Konrad streiten nicht mehr. Aber sie ärgern sich immer noch übereinander und sie sprechen kaum etwas, höchstens ein paar Sätze mit den Kindern.

Eigentlich möchte Fau Konrad ihrem Mann sagen, dass sie sich ja oft gut verstehen. Er sollte einige Sätze, die ihr im Streit herausgerutscht sind, weniger ernst nehmen. Aber sie will mit dem Versöhnungsangebot nicht anfangen, denn sie meint, sie muss meistens nachgeben und einlenken, wenn dicke Luft herrscht. Was der überhaupt für ein Gesicht zieht, ärgert sie sich über ihren Mann. Wie aus Stein sieht es aus. So kann sie schon lange gucken.

Nein, Frau Konrad wird diesmal auf keinen Fall nachgeben, bevor Herr Konrad nicht einsichtiger geworden ist. Sie meint, er muss einfach akzeptieren, dass sie schon einmal verheiratet war. Natürlich taucht dann der Ehemalige gelegentlich auf und will seine Kinder sehen. Sie kann sich sowieso nicht vorstellen, wie er das ohne die beiden aushält. Und schließlich muss man ja nicht miteinander verfeindet sein, wenn man sich getrennt hat.

Herr Konrad möchte seiner Frau gerne sagen, dass er sie völlig uneinsichtig findet. Sicher tun ihm jetzt einige Sätze Leid, die ihm vorhin herausgerutscht sind. Aber trotzdem braucht sie nicht so ein Gesicht zu ziehen. Wie aus Stein sieht es aus, ärgert er sich. So kann er schon lange gucken. Nur die Kinder sieht sie freundlich an.

Nein, Herr Konrad wird diesmal nicht nachgeben. Das hat er in solchen Situationen sowieso schon oft genug getan, meint er. Seine Frau muss akzeptieren, dass er ihren ehemaligen Mann nicht mitgeheiratet hat. Der kann sich ja gerne mit den Kindern treffen, aber nicht ganze Tage in dieser Wohnung, als gäbe es ihn nicht. Wenn der Ehemalige da ist, kommen Herrn Konrad seine Frau und die Kinder fremd und unnatürlich aufgedreht vor. Irgendwie ist er eifersüchtig, weil seine Frau freundlich mit ihrem geschiedenen Mann umgeht und er mit ihr und den Kindern. Herr Konrad fühlt sich dann, als würde er nicht dazugehören. Übermorgen taucht der Ehemalige also auf, denkt Herr Konrad und seufzt, während Frau Konrad ins Wohnzimmer geht und mit steinernem Gesicht am steinernen Gesicht ihres

Mannes vorbeisieht. Vor dem Anblick flüchtet Michael aus dem Zimmer. Er überlegt, wie lange sie das noch durchhalten.

Hoffentlich merken die Kinder nicht allzu viel von unserem Streit, wünschen sich Frau Konrad und Herr Konrad.

Plötzlich fällt Herrn Konrad eine leere Stelle an der rechten Wohnzimmerwand auf. »Du«, sagt er zu seiner Frau. »Dahin könnten wir eigentlich das Bild mit dem Efeuhaus hängen.«

»Ja«, sagt sie. »Klar.« Kurze Zeit später stehen sie mit Bohrer, Dübeln und Schrauben nebeneinander und suchen den richtigen Platz für das Bild. Sie sieht ihn an und lächelt ein wenig. Er sieht sie an und lächelt kurz. »Hm«, sagt sie. »Hm«, brummelt er. Das doppelte »Hm« könnte heißen: Komm, lass es gut sein. Wir haben schon etliches miteinander durchgestanden und werden uns wegen des Ehemaligen nicht verkrachen.

Sabine und Michael kommen ins Wohnzimmer und spüren sofort, dass sich etwas verändert hat. Sabine fragt: »Streitet ihr nicht mehr?«

»Ne, keine Zeit dazu«, sagt Herr Konrad.

Bald darauf sitzt die Familie bei Kaffee und Kakao zusammen. Herr Konrad erzählt zum ersten Mal auch den Kindern, dass er manchmal Angst hat, in der neuen Firma nicht zurechtzukommen. Die Kinder erzählen, wie sie sich die Schule wünschen, und Frau Konrad erzählt, sie würde sich über eine Halbtagsstelle freuen, wenn hier alles fertig eingeräumt ist.

Als das Kaffeetrinken zu Ende ist, geht die Familie durch die Wohnung. Sie sehen sich gemeinsam an, was sie in den letzten Tagen getan haben. Und sie stellen fest, ihre neue Wohnung kann sich wirklich sehen lassen. Obwohl heute Freitag ist, fühlen sich vor allem die Erwachsenen nach diesem Streit und dem Vertragen etwas sonntäglich.

Gemischte Gefühle

Ich bin so viertelwach. Wie sieht es denn vor dem Fenster aus? Mal rüberblinzeln. Hell sieht es aus, soweit ich das richtig erkenne. Heute will ich noch mal liegen bleiben, denn übermorgen fängt die Schule wieder an. Schlafen will ich, rumliegen, dösen. Das soll ein ruhiger Sonnabend werden, einer ohne brutale Weckgeräusche.

Ich drücke die Augen zu. Das ist ein hervorragendes Gefühl, wenn du daliegst, nichts tun musst und sicher bist, dass es auf eine Stunde mehr oder weniger nicht ankommt.

Was hört mein müdes Ohr da aus der Küche? Mutter trompetet nach mir und sie klingt gut gelaunt. Sie hat sich wohl mit dem Stiefvater völlig ausgesöhnt. Aber muss sie denn unbedingt so laut rufen: »Frühstück ist fertig!« Ich will doch liegen bleiben.

Jetzt wird Mutters Trompeterei durch Vater verstärkt. »Mick! Kaffee wird kalt!« Soll er und meinetwegen so, dass man darauf Schlittschuh laufen kann. Ich will dösen. Aber denkste, aus der Küche wird ein Stoßtrupp geschickt, der mich überfällt. Schwesterchen, der Grazienklotz, kommt angetrabt und schreit: »Raus aus der Falle!« Sie reißt an meiner Zudecke und ich halte es fest. Oh ... ich könnte sie ... leider müsste ich dazu aufstehen.

Dieser weibliche Gemütskoloss hat mich durch sein Getöse und Gezerre schon mehr als halb geweckt. Da dröhnt ein »Mick!!« in mein Ohr. Gleichzeitig springt Schwesterchen auf mich.

Lasst mich in Ruhe, Leute. Das tun sie aber nicht. Jetzt zieht Schwesterchen mir wehrlosem Knaben die Decke weg, dieses rohe Scheusal. Außerdem lacht sie tückisch und ich finde das alles gar nicht komisch.

Als dann der Chor meiner sehnsüchtigen Eltern noch mal laut nach mir verlangt, krieche ich doch aus dem Bett. Sehr matt, aber immerhin.

Auf dem kalten Fußboden zwischen meinem Zimmer und der Küche hole ich mir Eisbeine. Zum Glück gucke ich rechtzeitig weg, als ich am Spiegel vorbeitrotte. So erkenne ich nur noch lang wehendes Blondhaar. Irgendwo darunter bin ich, mit Pickel. Den Anblick erspare ich mir.

»Wie siehst du denn aus?«, fragt unser männlicher Häuptling völlig unsensibel, als ich in der Küchentür erscheine. Hat der etwa eine jugendliche Morgenschönheit erwartet? »Unausgeschlafen sehe ich aus«, presse ich zwischen den Zähnen vor. »Kein Wunder, wenn ihr mich mitten in der Nacht weckt.«

»Mach mal einen Punkt«, verlangt Mutter. »Gleich wird es halb neun.«

»Sage ich doch«, bringe ich über meine müden Lippen. »Es ist mitten in der Nacht. Und ich wollte noch einmal ausschlafen und Ruhe haben.«

Das Ausschlafen habe ich abgehakt. Auch mit der Ruhe wird es nichts. Das spüre ich, wenn ich meine Empfangsantennen nur ein paar Millimeter hochfahre. Die Eltern und ihr pflegeleichtes Musterkind Binchen sitzen nämlich quietschvergnügt um den Frühstückstisch. Ich hasse solche Zwangsfrühstücke.

Meine Leute klingen wie eine Frühlingsfamilie im Werbefernsehen. Und jetzt kommt der weibliche Häuptling mit ein paar typischen Fragen, die mir aber alle nur ein müdes Kopfschütteln abringen. »Willst du nicht erst mal die Zähne putzen? Wie wär's, wenn du dich anziehen würdest?«

Ich fahre meine Antennen ein und schüttle dauerhaft den Kopf. Dann sitze ich morgenblind hinterm Frühstücksei und überlege: Warum sind die Leute hier alle nur so schrecklich gut gelaunt? Und was riecht da so eklig? Um Himmels willen, das hältst du ja nur mit Nasenklammer aus, puuh.

Die Gestanksursache lümmelt sich auf Vaters Frühstücksteller. Sein Lieblingskäse. Harzer. Entsetzlich. Ich bin morgens ziemlich nasensensibel.

Anklagend deute ich mit dem Löffel zum Käse. »Willst du ein Stück?«, fragt Vater. Das hebt mich fast vom Stuhl. »Lass bloß sein«, sage ich. »Der stinkt.«

Mein Stiefvater, der Feinschmecker, schnüffelt, schüttelt weise den Kopf und behauptet: »Der duftet.«

Darüber kann ich eigentlich nur kichern. Aber im Augenblick ist mir leider überhaupt nicht danach.

Jetzt meinen Mutter und Bine, dass der Käse wirklich nicht stinkt. Bine schwächt das wenigstens ab. »Höchstens ein bisschen«, sagt sie. So unterschiedlich können Nasen funktionieren.

Tatsächlich, Stiefvater schiebt sich ein Stück vom Käse in den Mund. Der fürchtet sich vor nichts. Wenn ich seine Frau wäre, würde ich ihn ein halbes Jahr nicht küssen.

Ich hebe gerade die Kaffeetasse, da schaltet Mutter das Radio an. Irgendein Mann in dem Kasten will uns unbedingt mitteilen, was überall passiert ist. Er beginnt mit toten Kindersoldaten in einem Krieg. Die sind nicht mal so alt wie ich. Und dann haut der Radiomensch uns ein chemisch klingendes Wort um die Ohren. Irgendwelche Experten streiten zurzeit darüber, ob man von dem Stoff Krebs kriegt oder kriegen kann.

Ich gucke mich am Familienfrühstückstisch um. Keiner sagt was, die schlucken die Meldungen glatt mit dem Frühstücksbrötchen runter.

Zum Abschluss, sozusagen als Nachtisch, erzählt der Mann im Radio noch ganz freundlich, dass ein Kraftwerk nicht weit von hier jetzt nur noch eine verminderte Schadstoffmenge ausstößt. Ich höre wohl nicht richtig. Hundertzwanzigtausend Tonnen pustet das Ding von einem Weihnachtsfest bis zum nächsten in die Gegend, in der du atmest. Da würdest du besser die Luft anhalten, wenn das ginge. Ohne Luft kommst du allerdings nicht weit, nicht mal bis zur Schule. Aber wenn sie dir die Packung Nachrichten an den Kopf geworfen haben, weißt du sowieso nicht hundertprozentig, was das mit der Schule, der Lernerei und dem »Junge, es soll mal was aus dir werden« überhaupt für einen Zweck hat.

Zwei Tage vor Schulbeginn hat mich eben ein richtig optimistischer Gedanke durchzuckt. Jetzt bin ich endgültig hellwach, obwohl ich gerade noch geschlafen habe. Meine Leute um den Frühstückstisch schlafen weiter, obwohl sie scheinbar wach herumsitzen. Keiner von ihnen regt sich nur ein bisschen darüber auf, was sie im Radio gehört haben.

Ihnen schmeckt's, mir schon längst nicht mehr. Sie reden fröhlich und ich sitze stumm daneben und denke: Das gibt's doch nicht. Aber das gibt's. Dass sie nichts riechen, wusste ich ja. Traurigerweise hören sie auch nichts.

»He«, platze ich in ihre Frühstücksfröhlichkeit. »Habt ihr das mit den Schadstoffen gehört?«

»Hm«, macht der Stiefvater, dann pustet er Trost und Rat über den Tisch: »Weißt du, Mick, reg dich nicht immer auf. Mit deiner Empfindlichkeit wirst du nur überall anecken. Später legt sich das sowieso. Wenn du erst mal älter geworden bist, überhörst du viel. Und das meiste siehst du nicht mehr so eng. Auch du wirst gelassener werden.«

Cool, meint er, meine ich. Damit kommt man weiter, meint er, und weiterkommen muss man. Er denkt, dass ich zurzeit übertrieben empfindlich bin. Dafür hat er ein Wort: Pubertät.

Mit solch herzerfrischenden Weisheiten will er mir manchmal klarmachen, wo es im Leben entlanggeht. Wäre ich bloß im Bett geblieben.

Nach der kleinen Ansprache des Stiefvaters ziehe ich wohl kein besonders begeistertes Gesicht, deswegen verlangt Mutter: »Komm, sitz nicht so miesepetrig rum.«

Stopp, Mick!, sage ich mir plötzlich. Vielleicht haben sie Recht. Vielleicht sollte ich wirklich ganz cool und erwachsen werden, immer gelassen bleiben, mit Untertemperatur herumlaufen und völlig unpubertär sein. Manchmal habe ich wirklich das Gefühl, damit käme man besser zurecht.

Gut, ich werde ein neuer Mick. Schaffe ich das? Klar, wahrscheinlich habe ich den neuen coolen Mick schon in mir und muss ihn nur herauslassen. Das probiere ich.

Allerdings brauche ich für den Versuch »anderer Mick« einen Kulissenwechsel. So was kann ich zwischen meinen Eltern und dem Schwesterchen einfach nicht probieren. Am besten, ich gehe dafür in die Stadt. Also stecke ich nach dem Frühstück meinen Walkman und mein Taschengeld ein. Zum Abschied stellt mir Mutter die besorgte Dauerdoppelfrage: »Was hast du vor? Wann kommst du wieder?«

Auf die zwei Fragen bekommt sie eine Antwort: »Ich weiß nicht.« Und dann machen ich und mein Vorsatz »ich werde ein anderer« die Haustür hinter uns zu.

Die erste Veränderung spüre ich schon. Ich gehe langsamer und aufrechter die Stufen hinunter, irgendwie cool, und ich denke mir: sehr unpubertär. Leider lauert nirgends ein Nachbar, der das sieht.

Jetzt lasse ich noch ein Auto vorbei und dann hopp, hopp über die Straße. Ich will nachsehen, ob Julia irgendwo im Laden ist. Das wäre prima.

Schade, ich sehe sie nirgends. Moment mal, das »Schade« war ein Ausrutscher, den kann ich mir sparen. Ich denke das ganz cool um: Julia ist nicht da, abgehakt. Vielleicht bis morgen.

Na bitte, das klappt. Keine Aufregung mehr. Ganz gelassen sein. Ich merke richtig, wie das läuft. Meine Eltern werden sich wundern und das Wort »Pubertät« können sie vergessen.

Ich gehe die Straße hinunter und schiebe mir den Kopfhörer mit seiner Radiomusik auf die Ohren. Das Diskosäuseln reißt mich nicht gerade vom Hocker. Aber warum vom Hocker reißen lassen? Immer schön cool bleiben.

Von draußen kriege ich fast nichts mehr an Geräuschen

mit. Meine Kopfhörer machen alles dicht. Eine Menge Leute und Läden sehe ich. Und ich gehe bewusst langsam. Mein Spiegelbild in den Schaufenstern ist völlig ohne Hektik.

Weiter unten steht ein Kaufhaus groß neben dem Fußgängerweg und wartet auf mich. Achtung! Ich komme! Früher bin ich manchmal mit Bernd in Kaufhäusern gewesen. Rolltreppe aufwärts – und abwärts und durch die Abteilungen, das war gut. Ich muss grinsen, als ich daran denke. Im nächsten Augenblick bleibt mir das Grinsen im Gesicht stecken, denn mir fällt ein: Den Bernd gibt es für mich nicht mehr. Der Gedanke drückt in mir und ich nehme ihn mit ins Kaufhaus.

Ich merke schon, das Cool-Sein klappt nicht ganz. Ich muss wohl noch üben. Wenn ich das erst richtig kann, regt mich auch die Geschichte mit Bernd nicht mehr auf. Das kriege ich in den Griff.

Und jetzt Rolltreppe aufwärts. Unter mir das Gewühl von Leuten, die ihre Einkaufswagen zwischen Lebensmittelbergen herumschieben. Ich lande in der Schallplattenabteilung. Viel ist hier nicht los, eine Kaufhausfrau bewacht die Kassettentische und langweilt sich. Ich gehe hin und gucke, was sie verkaufen will.

Direkt vor mir sehe ich eine Kassette, die ich schon lange möchte. Von der Gruppe »Asphalt«. Leiste ich mir die? Der Preis halbiert mein gesamtes Bargeld.

Ach, egal, ich kaufe die Kassette und lächle die Kassiererin beim Bezahlen ganz locker an. Sie lächelt zurück. Moment mal, Mick, warne ich mich. Du wolltest cool bleiben.

Rolltreppe abwärts und raus aus dem Betonkasten. Vor

einem Schaufenster drücke ich meine neue Errungenschaft in den Rekorder und die Hörer auf die Ohren. Mein Kopf sieht im großen Glasfenster jetzt aus, als hätte er einen Henkel. Ich grinse und lasse die Haare nach vorne fallen. Vorhang zu. Die Vorstellung läuft.

Autos schieben sich aneinander vorbei. Leute tun das Gleiche, bloß langsamer. Ich bin mittendrin und habe Musik im Kopf. Und was für eine. Mit irrer Geschwindigkeit rast sie durch meine Gehörgänge. Die elektrische Gitarre heizt mir ein. Ihre Töne jagen in meinem Kopf herum. Das Schlagzeug hämmert hinterher. Und dann kommt diese Frauenstimme. Tief klingt sie und sie fasst mich an. Packt mich. Jagt mir ein irres Gefühl über die Kopfhaut unter meinem Blondhaar und über den Rücken. Ich könnte aus mir rausspringen und wegfliegen … oder so ähnlich.

He! Mick!, warne ich mich, du wolltest ein anderes Programm ausprobieren und cool sein.

Mit der Musik im Kopf klappt das nicht mehr. Und eigentlich weiß ich ganz genau: Cool sein ist überhaupt nicht mein Programm.

Ich verstehe längst nicht alles, was die Frau singt. Aber jetzt kommt ein Satz und den lässt sie immer wieder los, sie schreit ihn fast: »Mann, du hast dich viel zu schnell an all den Mist gewöhnt.« Ein paar Takte später singt sie: »Du …, bleib empfindlich.«

Zuerst singe ich das so in mir mit. Dann bin ich ruhig und überlege plötzlich: Singt sie das für mich, dieses … Mann, du hast dich viel zu schnell an all den Mist gewöhnt?

Der Satz widerspricht dem Vortrag, den mir mein Stiefvater am Frühstückstisch gehalten hat, fährt es mir durch den

Kopf. In dem Moment weiß ich: Sie singt das für mich, klar. Oder für den Häuptling. Meinetwegen auch für uns beide.

Ich werde mich nicht an all den Mist gewöhnen, zum Beispiel an die Nachrichten im Radio. Mick, sage ich mir, wenn du dich daran gewöhnt hast, bist du tot. Tot und damit sehr cool. So will ich auf keinen Fall werden. Ich möchte mich aufregen können, und wenn das hundertmal pubertär sein sollte. Dann bin ich's eben und bleib es hoffentlich.

Das Schlagzeug prasselt mir hier auf dem Fußweg und mitten zwischen den Leuten Beifall in die Ohren. Und die elektrische Gitarre fliegt mit ihren Tönen himmelhoch und rast los. Ich springe in die Musik und die springt in mir. Sie wird größer und größer. Ich glaube, ich wachse mit ihr. Und ich renne mit ihr um die Wette die Straße hinunter, lache und freue mich. Laufe an einem Paar vorbei. Winke einem Mann. Der guckt erst fassungslos, dann winkt er zurück und ich renne um die Ecke.

Ziemlich abgehetzt bleibe ich irgendwo stehen. Die Musik und ich, wir haben uns ziemlich verlaufen, merke ich in einer engen Straße zwischen alten Häusern.

Es ist irre. Vorhin bin ich sehr kühl von zu Hause weggegangen. Danach habe ich die Musik gehört, bin heißgelaufen und fühle mich ein Stück gewachsen. Ziemlich stark, das Gefühl. Es macht Flügel im Kopf, zum Wegfliegen. Aber Achtung, jetzt wird gelandet.

Ich stelle die Musik ab und trotte nach Hause. Mensch, bin ich froh, dass ich die Kassette gekauft habe. Die wird von Erwachsenen gespielt. Und die klingen nun wirklich ganz anders als mein Stiefvater, wenn sie singen: Mann, du hast dich viel zu schnell an all den Mist gewöhnt. Mit ihrer

Musik im Kopf glaube ich einfach nicht, dass man als Erwachsener automatisch gelassen-cool wird, wie mein Häuptling das meint.

Hier muss ich rechts runter. Aber wer ist denn das? Ich meine das Mädchen da vorne in blauen Jeans und blauem T-Shirt. Das ist doch Julia aus dem Laden gegenüber. Ich überlege keinen Augenblick und renne los. Als ich fast neben Julia bin, bremse ich und merke: Ne... sie ist es nicht.

Das Mädchen guckt erstaunt, weil ich so angedüst komme. »Oh«, sagte ich. »Ich dachte, du wärst 'ne andere. Tschüss.« Weg bin ich.

Gleich werde ich zu Hause sein. Ich drücke noch mal die Kassette rein, ganz kurz. Wieder singt die Frau mit der tiefen Stimme.

Ich stehe da und fühle mich ganz weg, so höre ich zu. Das Mädchen, dem ich nachgerannt bin, geht an mir vorbei. Sie guckt mich etwas seltsam an, meint wohl, ich wäre nicht ganz okay. Ob ich ihr mal schnell den Kopfhörer leihe? Vielleicht kapiert sie dann, warum ich dastehe und weg bin.

So eine Musik möchte ich machen können. Mensch, ich will doch nicht nur für die Schule pauken, zu Hause sitzen und darauf warten, dass was aus mir wird. Ich will was tun, und zwar was für mich.

Ob Musik was für mich wäre? Könnte sein. Gitarre will ich schon lange spielen, das probier ich! Guter Vorsatz! Der Gedanke fährt mir freudig durch den Kopf.

Als ich am Laden vorbeikomme, ist Julia wieder nicht da. Schade. Ich möchte zu gerne wissen, wie sie wirklich heißt. Aber das kriege ich raus.

Ich verschwinde in unserem Haus. Mensch, ich habe

heute zum ersten Mal seit langer Zeit wieder eine Idee, was ich ausprobieren könnte. Musik oder etwas Ähnliches wäre was für mich, da bin ich ziemlich sicher.

Von meiner Idee erzähle ich noch keinem. Schließlich muss ich das mit der Gitarre erst mal versuchen. Vielleicht stellt sich dabei heraus, dass ich beim Üben gar kein verteufelt ausdauerndes Kerlchen bin. Ich werd's erleben. Aber allein eine Idee, was du machen könntest, wozu du Lust hättest, ist ein Gefühl zum Bäumeausreißen. Leider stehen hier im Treppenhaus so wenig herum.

Den Frühstücksmorgenschreck mit kleiner Ansprache des Stiefvaters habe ich verdaut. Sogar der Gedanke, dass übermorgen die Schule wieder anfängt, schockt mich im Augenblick nicht besonders.

Eigentlich könnte ich meinen Eltern jetzt viel erzählen. Es war eine Menge los in mir, seit ich weggegangen bin. Aber aus dem Erzählen wird bestimmt nichts. Das kenne ich.

Auf dem beknackten Schild an der Wohnungstür sehe ich meinen Namen immer noch nicht. Ich muss wohl deutlicher werden. Sonst kapieren die nie, wie sehr mich das stört, dass sie mich schon an der Tür unterschlagen.

Ich klingle. Mutter öffnet und fragt: »Na, was hast du denn gemacht?«

»Bin rumgelaufen.«

»Wie war's?«

»Ooch, ganz gut«, sage ich und mehr nicht. Eigentlich schade. Aber die Fragen und die Art, wie sie herauskommen, machen mich stumm. Außerdem will ich das, was ich mir überlegt habe, noch für mich behalten.

Als ich vor meiner Tür stehe, habe ich wieder eine Idee.

Ich lege mir den Aufkleber der Gruppe »Asphalt« zu. Der kommt an die Tür, und zwar neben den Aufkleber: Achtung! Bewohner beißt! Auja, das mache ich.

Den Bernd will ich auch anrufen, ne, ich schreibe ihm. Das ist besser, denn das Reden durchs Telefon hat mit ihm gar nicht gut geklappt.

Ich merke ganz deutlich, dass ich zu Hause bin. Schwesterchen wuselt nämlich aufgedreht um mich herum. »Spiel was mit mir«, verlangt sie und ich habe sogar Lust dazu. Nicht sehr viel, aber ein bisschen. »Also los«, sage ich.

Eine ganz normale Familie.
Achter Bericht.

Herr Konrad sieht die Sonnabendsportschau. Normalerweise sitzt Michael bei dieser Sendung mit vor dem Fernsehapparat, aber heute ist er in seinem Zimmer geblieben.

Sabine ruft gerade sehr laut nach ihrer Mutter und nach dem Einschlaflied. Als sie es gehört hat, verlangt sie ein zweites und dann möchte sie gerne eine Geschichte erzählt bekommen. Aber da streikt Frau Konrad und geht ins Wohnzimmer zurück, wo sie mit Beifall empfangen wird. Der kommt aber nicht von ihrem Mann und er gilt auch nicht ihr. Der Beifall kommt aus dem Fernsehapparat und ist für den Sportschausprecher bestimmt.

Frau Konrad bittet, dass der Apparat etwas leiser gestellt wird. Weil sie leise darum bittet und der Apparat laut ist, überhört Herr Konrad das.

Man könnte am Sonnabendabend mal etwas anderes tun, denkt Frau Konrad, vielleicht zusammen spielen. Leider klappt das Spielen kaum noch, fällt ihr ein. Auch weggegangen sind wir schon länger nicht mehr. Erst wurde der Umzug vorbereitet, dann wurde umgezogen und danach eingeräumt. »Wir müssten mal wieder was unternehmen«, sagt Frau Konrad mitten in einen Strafstoß hinein.

»Was ist?«, fragt Herr Konrad. Bevor seine Frau mehr dazu sagen kann, öffnet Sabine die Wohnzimmertür und behauptet, dass ihre Mutter noch eine Geschichte versprochen hätte.

»Stimmt nicht«, sagt Frau Konrad. Da geht Sabine zu ihrem Stiefvater und setzt sich eng neben ihn in den Sessel. So sieht sie sich die Sportschau mit an. Schön kuschelig findet sie das. Herrn Konrad gefällt es wohl auch. Jedenfalls schickt er Sabine nicht ins Bett, in dem sie eigentlich längst liegen sollte.

Frau Konrad will nachsehen, was ihr Sohn macht. An seiner Tür empfängt sie der neue Aufkleber einer Musikgruppe und aus dem Zimmer dröhnt die dazugehörende Musik. »Viel zu laut«, sagt Frau Konrad. Ihr Sohn meint, diese Musik muss er laut hören. Aber Frau Konrad ist sicher, dass er mit dem Getöse die Nachbarn wach hält. So geht das hin und her zwischen Sohn und Mutter, bis Michael nachgibt und den Kassettenrekorder stöhnend leiser dreht.

Als Frau Konrad wieder ins Wohnzimmer kommt, ist die Sportschau abgestellt. Herr Konrad kniet am Boden und Sabine reitet auf ihm. Sie behauptet, Papa sei ihr Pferd.

Frau Konrad weiß, dass ihr Mann sich freut, wenn ihn eines der Kinder »Papa« nennt. Sabine tut das manchmal, Michael nie.

Das Papapferd und die Reiterin lachen und freuen sich, als

Michael auftaucht, um die Sportschau mit anzusehen. Aber er merkt gleich, dass er dafür zu spät gekommen ist. Und dann platzt er mit seinem Wunsch heraus: Er möchte eine Gitarre.

Frau Konrad gefällt die Idee. Herr Konrad, das Pferd, meint, dass das ein guter Geburtstagswunsch wäre. Geburtstag hat Michael in ungefähr vier Monaten und so lange will er nicht mehr warten. Als er das sagt, klingt er gereizt. Er sagt auch noch: »Ich muss immer auf alles warten und Sabine kriegt jeden Wunsch erfüllt.«

Herr Konrad hebt Sabine von sich runter, steht auf und erklärt, dass Michael dann eben sehen soll, wie er zu seiner Gitarre kommt. Auch das klingt gereizt. Die Stimmung zwischen ihnen wird nicht besser, als Herr Konrad darüber spricht, wie gut es ist, sich länger auf etwas zu freuen, und dass er es schädlich findet, alle Wünsche sofort erfüllt zu bekommen. Und in zwei, drei Monaten weiß Michael wirklich, ob ihm der Wunsch wichtig ist. Da geht Michael dann aus dem Zimmer und murmelt »Quatsch«. Zum Glück überhört Herr Konrad das.

Morgen will Michael seinen richtigen Vater fragen, ob er ihm Geld für die Gitarre gibt. Der wird bestimmt großzügiger sein. Michaels Vergleich zwischen seinem Stiefvater und dem biologischen Vater fällt heute schlecht für Herrn Konrad aus, der Sabine gerade ins Bett bringt.

Frau Konrad fragt sich mal wieder, warum ihr Mann zu Michael nicht genauso freundlich sein kann wie zu Sabine. Er bevorzugt das Mädchen und Michael merkt das.

Später sitzen die beiden Erwachsenen zusammen. Frau Konrad redet über die Gitarre. Es wäre doch schön, meint sie, wenn der Junge etwas für sich hätte, was ihm Spaß macht. Jetzt gibt ihr Herr Konrad Recht und ist schließlich damit einverstanden, dass Michael die Gitarre vor dem Geburtstag bekommen soll.

Davon weiß Michael in seinem Zimmer nichts. Er ärgert sich über seinen Stiefvater und er ärgert sich, weil seine Schwester so verwöhnt wird. Außerdem ärgert er sich, dass seine Mutter nicht richtig zu ihm hält. Zum Glück kommt morgen mein richtiger Vater, denkt er und stellt die Musik wieder lauter.

Komm mit

Es klingelt. Das ist mein ehemaliger Vater, jede Wette. Was heißt hier »ehemaliger«? Er bleibt mein Vater, auch wenn er an der Tür klingelt und nicht mehr einfach aufschließt und hereinkommt wie früher. Bine ist wieder sehr zurückhaltend. Dieser Kugelblitz rast los und gewinnt das Wettrennen zur Wohnungstür um Längen.

»Hallo, ihr zwei«, dröhnt uns mein Biologischer entgegen. Also, wenn ich ihn länger nicht gesehen habe, fällt mir richtig auf, was für ein Riesenkerlchen das ist. Mit seiner Möbelpackerfigur füllt er den Türrahmen ziemlich. Am liebsten möchte ihm Bine wohl in die Arme springen. Aber die sind von zwei Weinflaschen und zwei Päckchen besetzt. Man könnte ihn fast mit dem Weihnachtsmann verwechseln.

Jetzt stellt er die Flaschen und Päckchen im Flur ab und begrüßt meine Mutter, seine ehemalige Frau. Auch mein Stiefvater strömt zur Begrüßungsveranstaltung und liefert seine Verbeugung brav ab. Danach nützt Bine sofort aus, dass der Biologische die Arme frei hat und springt rein. Ob er mich überhaupt schon richtig gesehen hat, vor lauter Bine und allgemeiner Begrüßerei?

Ich knote mein Päckchen auf. Ein paar unbespielte Kassetten liegen darin. Sehr gut.

Weil sie nicht ewig im Flur bleiben wollen, marschieren mein biologischer Vater, mein Stiefvater, meine Mutter, Bine und ich ins Wohnzimmer. Die derzeitige Frau meines ehemaligen Vaters wird später kommen, erzählt er. Sie besucht noch Bekannte.

Manchmal meine ich: Man braucht einen Kompass, um unsere Familienverhältnisse zu durchschauen. Der Biologische sagt jetzt: »Schön, dass ich euch mal wieder sehe.« Dabei guckt er Sabine und mich an.

Mensch, mir wird fast feierlich, als ich ihn so höre. Toll, dass er uns besucht. Ich will ihm eine Menge erzählen, zum Beispiel, warum ich am Telefon gesponnen habe. Unbedingt soll er auch das mit der Gitarre erfahren und meine Kassette muss ich ihm vorspielen. Ich glaube, er mag diese Musik. Er ist ja selbst so laut, fällt mir ein und ich grinse.

Wir sitzen alle um den Wohnzimmertisch. Ich merke schon, so schnell, wie ich das möchte, kommt Vater hier nicht weg. Vielleicht beeilt er sich ja, wenn ich ihn ganz fest angucke? Ne… das nützt im Augenblick nichts, denn das kleine Sabinchen, dieser Raffzahn, hat sich meinen Vater unter den Nagel gerissen. Sie erzählt ihm völlig Unwichtiges, mit wem sie spielt und solche Sachen. Dabei klettert sie auf ihm herum, als wäre er ein Klettergerüst, bis er sie endlich neben sich stellt.

Ich will auch was sagen, da fängt mein biologischer Vater mit dem Erzählen an. Ausführlich redet er über das Wetter, dass es lange keinen Regen mehr gab, erfahren wir. Und wie die Felder unterwegs aussehen. »Völlig vertrocknet.« Als Nächstes will mein Stiefvater dringend wissen, wie die Fahrt war. Jede Wette, das interessiert ihn nicht die Bohne, aber er fragt. Danach erkundigt sich Mutter, ob die Fahrt lange gedauert hat. »Früher habe ich eine Stunde zu euch gebraucht. Hierher dauert es vier Stunden«, sagt mein Vater.

Stumm sitze ich daneben und hoffe, dass ihnen bald keine Fragen mehr einfallen. Das ist ja ein Interview und kein Besuch. Aber leider fallen vor allem meiner Mutter jede Menge Fragen ein. Ob der Kollege Sowieso immer noch in der Bücherei arbeitet und die Kollegin Müller auch noch?

Mir platzt gleich das Trommelfell. Sehr scharf gucke ich meinen Vater an und zeige ihm so, dass ich mit ihm reden möchte. Aber er erklärt gerade eifrig irgendwas von einer neuen EDV-Anlage.

Na ja, wahrscheinlich will er höflich sein und redet deswegen mit allen. Ich kann schlecht dazwischenquatschen und sagen: Vater, du weißt doch, warum du eigentlich hier bist. Lass das Gerede. Komm mit in mein Zimmer, wir haben eine Menge zu besprechen. Manchmal ist einem die Erziehung richtig im Weg und deswegen höre ich weiter zu, was sich die Versammlung von Erwachsenen Wichtiges mitteilt.

Mein Vater geht vom Beruf zur Politik über. Er will meine anderen Eltern von seinem Kampf für die Fünfunddreißig-Stunden-Woche überzeugen und ich flüchte in mein Zimmer. Hoffentlich sagt ihm mein Rücken, dass ich mir wünsche, er solle mich besuchen. Aber ich weiß, wenn der Biologische ins Reden kommt, ist er nicht so schnell zu bremsen.

Ich sitze auf meinem Bett und sage laut ins Zimmer: Mensch Vater, komm doch... Na, was ist?... Nichts ist, mein Vater lässt mich sitzen.

Wahrscheinlich trinken sie Tee, meine geschiedenen, wieder verheirateten und sehr verschiedenen Eltern. Bestimmt wuselt Bine um sie herum.

Ob die über mich reden? Hoffentlich erzählt Vater nicht diesen ganzen Quatsch, den ich ihm am Telefon gesagt habe, dass ich hier viele Leute kenne. Wie toll ich's finde usw.

Ich möchte wirklich wissen, was sie reden. Deswegen schleiche ich zur Wohnzimmertür. Eigentlich finde ich das Lauschen blöde, trotzdem tue ich's. Ganz weit fahre ich meine Horchgeräte aus. Aber bevor das mit dem Empfang klappt, wird da drin ein Stuhl zurückgeschoben und ich verschwinde blitzschnell.

Bestimmt war das mein Vater, der aufgestanden ist. Er will zu mir kommen. Ja, er ist es wirklich, ich kenne seine Schritte. Er kommt!

Aber was soll das? Dieser halbe Vater trampelt an meiner Tür vorbei und weiter zum Klo. He, rede ich ihm zu, der Aufkleber »Achtung. Bewohner beißt« gilt nicht für dich.

Sicher kommt er auf dem Rückweg zu mir, stelle ich mir so lange vor, bis er schnurstracks an meiner Tür vorbeigeht und ins Wohnzimmer marschiert. Dieser Rabenvater. Ich verstoße ihn, wenn er so weitermacht.

Die Warterei halte ich nicht aus. Was soll das? Will er meiner Mutter und dem Stiefvater beweisen, dass er auch sie wichtig findet? Oder findet er mich nicht mehr wichtig?

Meine Musik stelle ich sehr laut. Hoffentlich stört sie das Gedröhne, dann kommen sie wenigstens. Aber die merken heute gar nichts.

Ob ich doch ins Wohnzimmer gehe? Ne… auf keinen Fall. Dort sitze ich nur doof herum und höre ihrem Gerede zu.

Langsam werde ich stinksauer. Na gut, eine Chance gebe ich ihm noch, meinem Biologischen. Ich zähle bis drei. Wenn er in der Zeit nicht kommt, rede ich heute kein Wort mehr mit ihm.

»Eins« ... ich höre nichts von ihm. »Zwei« ... sage ich langsam. »Zweieinhalb« ... kommt dann und ... »drei«. Nichts. Er bleibt im Wohnzimmer und sie lachen miteinander, während ich hier zähle wie ein Mathelegastheniker.

Die haben jeder jemanden für sich, bloß ich hocke blöde und alleine herum. Also, ich kann überhaupt nicht sagen, dass mich der Gedanke streichelt.

Weggehen müsste ich, fort aus der Wohnung. Dann würde sich Väterchen ziemlich wundern, wenn er noch zu mir käme. Aber wohin sollte ich mich in dieser menschenleeren Stadt verkrümeln? Ich kenne niemanden.

Julia fällt mir ein, die mit neunundneunzig Komma neun Prozent Wahrscheinlichkeit gar nicht Julia heißt. Ob ich einfach zu ihr rübergehe? Quatsch, heute am Sonntag steht sie nicht im Laden und sie ist auch nicht mehr im Alter, in dem man draußen spielt.

Trotzdem wäre es prima, wenn ich jetzt mit ihr zusammen sein könnte. Ich sehe uns richtig miteinander herumlaufen, Julia und mich. Nebeneinander gehen wir und reden. Das gefällt mir.

Umschalten, Mick, ermahne ich mich. Du kannst hier nicht herumsitzen und im Kopf mit einem Mädchen zusammen sein, das du gar nicht kennst. Alles völlig unrealistisch. Ich habe wohl jede Menge Fehlschaltungen im Hirn. Ob das anderen auch so geht, dass sie sich etwas vorstellen, was es gar nicht gibt? So ganz für sich?

Oh, schade, ich hatte Julia prima hergedacht, jetzt ist sie weg. Dafür ist mein Vater da. Das heißt, es ist wieder da, dass er nicht da ist. Ganz kurz hatte ich das vergessen. Gestohlen kann er mir bleiben.

Ich will in die Küche und eine Limonade holen. Was fällt mir im Flur in die Pupille? Vaters Autoschlüssel, sie liegen auf dem Schränkchen unter dem Spiegel.

Mensch, ich räche mich dafür, dass der Biologische nicht zu mir kommt. Die Autoschlüssel verschwinden. Hin und her gucke ich und suche ein passendes Versteck. Oh… und wen treffe ich beim Rumgucken mal wieder im Flurspiegel? Mick persönlich. Der Pickel steht immer noch wie ein Minileuchtturm in meinem Gesicht. Furchtbar. Schnell die Haare darüber geschüttelt und weg vom Spiegel.

Ich weiß, es ist blöde, die Schlüssel zu verstecken, kindisch. Aber wenn die alle so blöde zu mir sind, kann ich auch blöd sein, erlaube ich mir.

Am liebsten würde ich die Schlüssel ins Klo werfen, dann wären sie für immer weg. Ne, die Erwachsenen sollen eine Chance haben, die Dinger irgendwann zu finden. Ob ich sie in den Kühlschrank lege? Nein, auch nicht. Jetzt habe ich's. Sie kommen auf den Besenschrank, dort oben sucht sie kein Mensch. So… ich schiebe sie schön weit nach hinten.

Vom Küchentisch guckt mich die Brille meiner Mutter an, unser Dauerthema. Mein blindes Mütterchen hat sie bestimmt schon ein paar Stunden nicht mehr gesucht. Das ist völlig gegen alle Gewohnheiten. Also kommt die Brille neben die Schlüssel.

Jetzt können sie suchen, bis sie schwarz werden, diese

Ekel. Vor Ärger würde ich am liebsten noch irgendwas kaputtschmeißen. Aber das lasse ich lieber sein.

Da freue ich mich, dass mein Vater endlich mal wieder kommt, und will mit ihm reden. Dann merke ich, der kommt gar nicht zu mir. Das muss man sich vorstellen.

Über eine Dreiviertelstunde ist er schon hier und fühlt sich wohl mit den anderen. Sie lachen, das höre ich bis in die Küche. Vielleicht quasseln sie über Kindererziehung und Pubertät, das tun sie zu gerne. Bei dem Thema werden sie richtig eifrig.

Eine Illustrierte liegt auf dem Küchentisch. Ich setze mich hin und blättere von Bild zu Bild. Das ist fast wie Fernsehen ohne Ton. Oh, die Papierfrau vor mir sieht gut aus. Sie führt viel braune Haut in wenig Stoff am Strand spazieren. Wie Julia mit so einem Bikini aussehen würde?

Ich lege meine Hand auf den Körper der Zeitschriftenfrau. Sie ist schön, zum Streicheln schön. Ich berühre sie mit meinen Fingern und sie lächelt mich an.

Ich werde verrückt. Da ist ja wieder eine Fehlschaltung im Hirn. Hilfe, mein Computer hat schwere Programmstörungen. Einen Moment habe ich gedacht, sie wäre bei mir, die Frau am Strand.

Mensch, mich regt ja schon eine Papierfrau auf! Wie ist das erst mit einer richtigen? Bevor ich das geklärt habe, höre ich ein Klingeln. Schnell verschwindet die Frau in der zugeklappten Zeitschrift.

Bine rumpelt über den Flur, reißt die Wohnungstür auf und schreit aus voller Kehle: »Nina ist da!!« Ach, die neue Frau meines Vaters. Die Versammlung im Wohnzimmer wird immer größer.

Moment, schon wieder Schritte. Meine Mutter, sie erscheint in der Küche und holt eine Teetasse. »Willst du dich nicht zu uns setzen?«, fragt sie im Vorübergehen.

»Ne!!!«, sage ich mit mindestens drei Ausrufezeichen und ziemlich endgültig. Trotzdem bittet sie: »Ach, komm doch.«

Oh, ich könnte eine Menge Gründe aufzählen, warum ich nicht kommen will. Aber ich schüttle nur den Kopf und sie verschwindet mit Teetasse Richtung Wohnzimmer. Am besten wäre, sie würden alle verschwinden. Ich will keinen mehr sehen von dieser seltsamen Familie mit zwei Vätern und einer ehemaligen Frau meines ehemaligen Vaters, die meine Mutter ist, und einer neuen Frau, die mit im Wohnzimmer sitzt.

Früher dachte ich, man wäre als Erwachsener mit einem einzigen Menschen zusammen. Auf ewig, Stempel darauf und Glück darüber. Das war klar. Ist aber nicht klar, denn das kann völlig anders sein. Da geht einer weg, wird einem weggeschieden. Ein anderer Mann kommt und es wird behauptet, der ist dein Vater … oder was Ähnliches.

Ich weiß vor allem eines: Bei mir soll das mal nicht so werden.

Ach, das kommt heute richtig in mir hoch. Bestimmt kriegt man einen Knacks, wenn man den halben Nachmittag rumhockt wie ich und immer saurer und saurer wird.

Mensch, meine Mutter taucht schon wieder auf. Es fehlt wohl noch eine Teetasse. Ne, stimmt nicht, denn Mutter steht in der Küchentür und sagt: »Du, Mick, wir wollen zum Essen. Komm bitte mit.«

Sie hat einen seltsamen Ton in der Stimme, als wäre ihr das wichtig, dass ich mitkomme. Aber ich will nicht.

»Nein!!«, sage ich, obwohl ich eigentlich gerne zum Essen gehe. Und diesmal überhört Mutter die Ausrufezeichen hinter dem »Nein« nicht.

Sie legt die Hand auf meinen Kopf, den ich weggedreht habe. »Michael«, sagt sie, »du... glaube ja nicht, dass uns das alles leicht fällt.«

Ich sage keinen Ton und drehe den Kopf noch weiter weg. »Aber wir geben uns Mühe«, sagt sie. »Und es ist besser, wenn wir nicht zu Hause hocken, sondern irgendwas miteinander unternehmen. Im Augenblick läuft es im Wohnzimmer nämlich sehr krampfhaft. Komm doch mit.«

Ich sitze nur da und rede gar nichts. Als ich ihre Hand wieder auf meinem Kopf spüre, ziehe ich ihn weg. Sie soll mich nicht anfassen. »Nein«, sage ich ziemlich laut und entsetzlich sauer. »Ich komme keinen Schritt mit... ihr seid blöde!«

Au, das geht schief. Ich spüre es, kann es aber nicht mehr bremsen. Mein Gesicht verzieht sich. Das kenne ich. Es würgt in mir. Schnell die Haare drüber. Vorhang zu und Ende der Vorstellung. Hau ab, Mütterchen! Haut alle ab! Lasst mich allein. Irgendwie entgleist gerade sehr viel in mir.

So was Blödes. Ich heule los und das schüttelt mich völlig durcheinander. Meine Mutter nimmt mich in den Arm und fragt erschrocken: »War das heute besonders schwierig für dich?«

»Wenn der auch überhaupt nicht zu mir kommt«, heule ich und schimpfe: »Der will gar nichts von mir wissen. Er soll wegbleiben!«

Ich heule und sie drückt mich, bis ich nicht mehr so furchtbar wütend bin. Hab meine Wut weggeheult. Etwas leichter ist mir jetzt und ich höre auf zu weinen. »Komm mit«, sagt Mutter noch mal und diesmal nicke ich, obwohl es mich dazwischen schüttelt, wie nach einem mittleren Erdbeben.

Klar gehe ich mit. Aus Rache werde ich mir das teuerste Essen bestellen, das es in der Gaststätte gibt, nehme ich mir vor und grinse plötzlich. Mutter sieht das, grinst zurück und meint: »Du bist 'n komischer Heini.«

»Wir sind 'ne komische Familie«, sage ich und meine Mutter verpasst mir einen Klaps auf den Hinterkopf, wahrscheinlich zur Erhöhung des Denkvermögens. Dann bin ich wieder alleine. Schnell ins Bad und vor den Spiegel.

Ich sehe im Gesicht noch schlimmer aus als sonst. Die Augen sind so rot, dass sie mit dem Pickel um die Wette leuchten. Aber Moment, der Pickel wird kleiner. Immerhin, das ist eine sehr gute Nachricht. Bloß nicht anfassen, das Ding, sonst gibt's eine Entzündung.

Um Himmels willen! Am Kinn wächst ein neuer Pickel. Der ist noch winzig, wahrscheinlich die kleine Schwester von dem großen. Wie ich diese Dinger hasse.

So... ich darf mich nicht ewig mit meiner Schönheit beschäftigen. Stattdessen sollte ich das Gesicht waschen. Es müssen ja nicht gleich alle sehen, dass ich geheult habe.

Ich rase in die Küche, denn mir fallen die Autoschlüssel und die Brille ein. Sie liegen immer noch auf dem Besenschrank und spielen Verstecken. Das Spiel ist zu blöd. Ich hole sie von da oben runter. Und beim Essen sage ich meinem Vater, dass ich nachher mit ihm reden möchte. Ganz fest nehme ich mir das vor.

Eine ganz normale Familie.
Neunter Bericht.

Die vier Erwachsenen und die zwei Kinder sitzen um einen der runden Tische im italienischen Lokal. Herr Brettschneider erzählt ziemlich viel und ziemlich laut von einem Italienurlaub und italienischen Weinen. Auftrumpfend und angeberisch klingt das für Herrn Konrads Ohren. Und weil Herr Brettschneider so viel redet, wird Herr Konrad immer stummer. Ihn ärgert außerdem, wie seine Frau ihren ehemaligen Mann mit immer neuen Fragen zum Weitererzählen ermuntert. Das würde Frau Konrad allerdings nicht tun, wenn ihr jetziger Mann nicht so sprachlos herumsäße.

Auch Frau Brettschneider sagt kaum ein Wort. Schmal sitzt sie hinter ihrem Salatteller »Nizza« und hört zu. Ihr geht diese etwas rundliche Frau Konrad, die so unnatürlich eifrig tut und ständig Fragen stellt, ziemlich auf die Nerven. Frau Brettschneider hofft, dass der Besuch bald vorbei sein wird. Das Gleiche hofft Herr Konrad.

Michael spürt die gereizte Stimmung und wundert sich. Als die Erwachsenen vorhin im Wohnzimmer saßen, haben sie anders geklungen, meint er, freundlicher. Vielleicht halten sie sich einfach nicht länger als eine gute Stunde aus. Dass sich vor allem seine beiden Väter schlecht vertragen, weiß er schon länger.

Sabine sitzt zwischen den Vätern. Die Spagetti schmecken ihr sehr gut. Weniger gut gefallen Frau Konrad Sabines Tischsitten. Sie sagt aber nichts dazu, denn ihr ehemaliger Mann würde das kleinlich finden. Über so etwas haben sie früher oft gestritten.

Vieles wird zwischen ihnen nicht mehr angesprochen, fällt Frau Konrad auf. Dafür reden sie über Dinge, die eigentlich gar nicht interessieren. Ihr ehemaliger Mann kommt ihr ziemlich fremd vor, während er ihr gegenübersitzt und erzählt. Nein, ganz fremd ist er nicht. Seine Tischmanieren erinnern sehr an Sabines.

Im Augenblick redet keiner mehr. Alle beschäftigen sich mit ihrem Essen, bis Herr Brettschneider seinen Sohn fragt, wann die Schule wieder anfängt. »Morgen«, sagt der und wird endlich los, dass er nachher mit seinem Vater sprechen möchte. Ganz nebenbei klingt das und Herr Brettschneider nickt.

Eine halbe Stunde später sitzen die beiden zusammen. Michael sagt, wie der Umzug wirklich für ihn war und warum er das am Telefon so anders berichtet hat. Danach erzählt er von seinem Gitarrenwunsch. Sein Vater will ihm helfen, dass aus dem Wunsch eine Gitarre wird.

Sie reden viel und lange. Während sie das tun, hat Michael plötzlich das gute Gefühl: Dieser Mann ist wirklich sein Vater.

K. o.

Zum ersten Mal gehe ich hier in Nörtenheim zur Schule. Allerdings gehe ich nicht alleine. So ein aufgeregtes Magenkribbeln kommt mit. Und als Begleitmusik dazu höre ich ein Stöhnen in mir. Das klingt wie: Schule, muss das sein? Ich beruhige den, der da in mir stöhnt, und erzähle ihm: Bisher hat dir nicht gefallen, dass es kaum Leute für dich gibt. In der Schule triffst du sie automatisch haufenweise. Schließlich ist das eine Zwangsversammlung von Gleichaltrigen.

Mit solchen Weisheiten tröste ich mich und trabe Richtung Schulhaus. Außerdem tröstet mich, wie gut das gestern noch mit meinem Vater geklappt hat. Wir haben uns prima verstanden. Wenn du so was erlebst, hältst du viel mehr aus, auch einen ersten Tag in der neuen Schule. Trotzdem spüre ich jetzt mein Magenkribbeln stärker und die Hände schwitzen. Ich bin mal wieder der Allerruhigste.

Was kann eigentlich schief gehen? Schließlich war ich bisher nie besonders schlecht in der Schule. Für diesen heutigen Festtag habe ich mir sogar die Haare gekämmt. Freundlicherweise ist auch der große Pickel an meiner Nase kleiner geworden. Leider ist der kleine am Kinn ganz teuflisch gewachsen.

Eigentlich wollte mich meine Mutter zu dieser Premiere

begleiten. Dann wäre ich mit Mama an der Hand aufgetaucht. Das ist ein garantierter Lacherfolg bei den Mitschülern. Manchmal weiß meine Mutter einfach nicht, was geht und was nicht geht. Na ja, ich habe ihr erklärt, dass das Mitkommen absolut unmöglich ist, und sie musste das einsehen. Telefonisch angemeldet hat sie mich ja und irgendwelche Papiere hat sie auch ausgefüllt. Das darf ich noch nicht selbst erledigen.

Da vorne wartet sie auf mich. Die Schule. Die Penne. Wenn du als geübter Schüler so ein Haus siehst, weißt du sofort, dass sich darin eine Erziehungs- und Bildungsanstalt versteckt, auch wenn es unterschiedliche Typen davon gibt. Dieser ist der Typ »sehr alte Schule«. Groß und grau, mit ein paar Säulen, ziemlich vielen Stufen und weit offenem Schultor. Das schluckt jede Menge Schüler, mich übrigens auch gleich.

Um mich herum passiert allerhand, ganze Schülerrudel bewegen sich. Das Dumme ist, in mir passiert auch einiges. Das Magenkribbeln wird nämlich immer stärker und jetzt muss ich überflüssigerweise noch ziemlich dringend zum Klo. Tief durchatmen, dir kann gar nichts passieren, Junge, rede ich mir väterlich zu.

Ob ich flüchte?, fragt irgendein Feigling in mir. Dabei fällt mir wieder auf, ich bin aus verschiedenen Leuten zusammengesetzt. Im Augenblick hat der ängstliche Typ in mir am meisten zu melden. Der muss bekämpft werden. Wieso muss er das eigentlich? Lass den Jungen doch auch mal gewinnen.

Jede Menge Leute mit Mopeds und leichten Motorrädern donnern an mir vorbei und zur Schule. So ein fahrbares Ding hätte ich gerne. Aber wenn ich das zu Hause erwähne, winken alle meine Eltern nur müde ab. Außerdem ist zuerst die Gitarre dran. Man muss Schwerpunkte setzen.

Einen Augenblick habe ich wirklich nicht an die neue Schule gedacht. Aber jetzt bohrt der Gedanke wieder, rumort in meinen Därmen, zupft die Nerven und treibt mir Schweiß in die Hände.

Junge… sei ruhig, alle Leute gehen zur Schule. Du bist aufgehoben in einer ziemlichen Menge, bist nur eine winzige Teilmenge. Also, stell dich nicht an und reg dich ab.

Treppen hoch und rein in den Kasten. Es wird geschoben und gedrängelt, als gäbe es hier etwas anderes als Bildung umsonst. Das ist genauso wie bei uns zu Hause, merke ich und das bestätigt mir ein Ellenbogen, den ich voll ins Kreuz kriege. »Blödmann!«, donnere ich los. Das war mein erstes Wort in diesem Gebäude.

Die Schule riecht wie meine alte Schule. Ob sich die Rektoren einmal getroffen haben, um den Schulgeruch ein für alle Mal festzulegen?

Wo ist eigentlich das Sekretariat? Ich soll mich dort melden. Also wirklich, in diesem Schulirrgarten müsste man Hinweisschilder aufstellen, damit man sich zurechtfindet.

Am besten wird sein, ich frage jemanden nach dem Weg. Neben mir schiebt sich einer durch den Flur, der ganz ansprechbar wirkt. Aber als ich meine Frage losgelassen habe, sieht mich der Knabe nur groß an und fragt: »Hä?«

Der legt wohl seine Ohren ab, bevor er morgens zur Schule trabt. Gut, ich wiederhole die Frage. Jetzt hat er sie trotz Lärm kapiert und erklärt mir den Weg. Das klingt ungefähr so: die Treppe hoch. Dort hinten runter und bis zum zweiten Gang, durch die Glastür und immer links. Klar?

»Klar.« Also los, ich gehe die Treppe hoch, gehe eine andere runter und bis zu einem zweiten Gang. Aber hier gibt es weit und breit keine Glastür. Dafür klingelt es und ich merke, der Junge hat mich völlig in die Irre geschickt.

Ich bin ziemlich allein im Flur, nur ein Nachzügler fegt an mir vorbei. Und von vorne taucht eine kleine Herde Erwachsener auf. Ach, die Lehrer kommen, dann kann es nicht mehr weit zum Sekretariat sein.

Schon stehe ich davor, na bitte. Dass ich innerlich noch nicht der Ruhigste bin, brauche ich wohl kaum zu sagen.

Das Schild an der Tür teilt mir mit, ich soll, ohne zu klopfen, eintreten. Los, hinein in die gute Stube, und zwar bis zu einer Art Zaun, hinter dem eine Frau am Schreibtisch sitzt und mich ansieht.

»Grüß Gott«, sage ich. »Ich heiße Michael Brettschneider, bin hier neu und soll mich bei Ihnen melden.« Das war gekonnt.

»Ach ja«, sagt sie. »Der Neue. Komm mit.« Sie guckt zu einem Riesenplan und weiß, wohin wir müssen. Ob ich doch noch mal auf dem Klo verschwinde, überlege ich und gehe neben der Frau den Flur runter. »Na, ein bisschen nervös?«, fragt sie.

»Überhaupt nicht«, lüge ich. Schon klopft sie und öffnet eine Tür. Das soll also mein Stall werden. Sie sagt etwas und ich sehe an ihr vorbei in eine Menge Gesichter. Im nächsten Augenblick kommt ein erwachsener männlicher Mensch auf mich zu und drückt mir die Hand. Mein Lehrer.

»Hallo, da bist du ja«, begrüßt er mich und ich nicke. Was soll ich auch sonst tun? »Michael heißt du?«, fragt er und ich nicke wieder. Hoffentlich glauben die nicht, ich würde immer nur nicken. Jetzt spielt der Lehrer Platzanweiser.

»Setz dich dahin«, empfiehlt er mir und zeigt zu einem leeren Stuhl in der Fensterreihe.

Sehr beobachtet gehe ich durch das Klassenzimmer. Hoffentlich kriege ich keinen roten Kopf. Ne, zum Glück leuchtet der nicht auf. Da kichert jemand. Ach, wahrscheinlich wegen meines gepflegten blonden Langhaares. So was kennen die hier wohl nicht mehr.

Im nächsten Moment sitze ich neben einem Jungen, der mir zunickt. Erst mal bin ich im Hafen angekommen. Ich stelle meine Tasche ab und gucke zum Lehrkörper, der auch gleich etwas von mir will. »Michael, erzähl uns, woher du kommst und wo du jetzt wohnst. Ja …?«

Klar, das mache ich. Ich fange damit an, aber was ist denn los? Schon wieder kichert jemand und gleich darauf kichern einige. Kichern die über mich? Natürlich, worüber sonst? Ich sage nichts mehr und sehe in die Gesichter um mich. Die lachen und finden mich unheimlich lustig. Ich sitze da und mir wird heiß. Unter diesem Gelächter bleibt mir glatt die Luft weg.

Verstecken müsste ich mich können. Weil hier nirgends Platz dazu ist, flüchte ich in mich rein. Hau ganz weit ab, bis ich sehr klein in irgendeiner Ecke von mir sitze, weg von den anderen und tief in meinem Schneckenhaus. Die Fühler sind eingezogen.

Ich verstehe nicht, warum mich diese seltsamen Mitschüler so komisch finden. Jetzt ruft der Lehrer: »Ruhe!« Nach einem letzten Kicherer wird das miese Empfangskomitee wirklich still.

Der Lehrer erklärt ihnen, was für eine unmögliche Begrüßung das war. Da stimme ich ihm voll zu. Er erzählt dann noch etwas von mangelnder Reife und dass er der Klasse mehr zugetraut hätte. Zu mir sagt er: »Sie haben gelacht, weil du anders klingst als sie. Du sprichst ein wenig Dialekt und rollst das ›r‹ ziemlich. Aber sie werden sich an dich gewöhnen.«

Ob ich mich allerdings an sie gewöhnen will, ist noch gar nicht abgemacht, denn der Empfang war ein echter K. o. Ich könnte mich glatt auszählen lassen.

Alle sind still, bis auf den Lehrer, und der erzählt Schulisches. Der Mann hat eindeutig was mit Deutsch im Sinn. Aber ich bin nicht erholt genug, um mich zu beteiligen. Deswegen schweige ich ausdauernd vor mich hin.

Kein Wort werden die von mir hören, diese Lachsäcke. Stur gucke ich nach vorne, wo der kleine Mann mit rotem Gesicht seinen Mund bewegt und uns etwas beibringen soll. Meine Empfangs- und Sendeantennen sind völlig ohne Leistung.

Der Nebenmann guckt zu mir. Soll er. Ein echtes Großformat ist das, ziemlich lang und breit. Hat der auch gelacht? Jetzt grinst er mich an. Die Grimasse soll wohl freundlich wirken. Aber ich verziehe keine Miene und sehe geradeaus, als würde mich der Lehrer kolossal interessieren.

Was redet der? »Sie sagte, sie sei schnell.« Die nehmen wohl den Konjunktiv durch. Mensch, ich bin doch nicht mehr völlig k.o. Meine Fühler sind ein Stückchen ausgefahren.

Vor mir habe ich einen Mädchenrücken und massenweise helle Locken. Prima Deckung, diese Löwenmähne. So…

erst mal muss ich klarer sehen, wo ich hier gelandet bin. Also lasse ich meine Augen herumspazieren.

Der Raum ist nichts Besonderes, eine Klasse eben. Vier Wände, ein bisschen Glas, eine Tür. Zur Verzierung dieser Pracht hängen ein paar Poster und Plakate an den Wänden. Und damit so eine Schule nicht nur aus totem Material besteht, haben sie Schüler reingesetzt, ungefähr die Hälfte Mädchen und die Hälfte Jungen. Das wär's.

Halt, es fehlt noch etwas. Der erwachsene Mensch nämlich, der sich vorne weiter mit dem Konjunktiv herumquält, obwohl er ihn bestimmt kann. Übrigens ... in meiner alten Schule hatten wir die Zeitformen längst.

Ich werde immer aufnahmefähiger. Jetzt höre ich einen wunderschönen Konjunktiv zwei, irgendwas mit hätte und wäre. In dem Moment macht mein Auge eine irre Entdeckung.

Das kann nicht wahr sein. Die Linse spinnt, hat wohl durch die absolut unfreundliche Begrüßung eine echte Eintrübung. Ich reibe links, ich reibe rechts und stelle fest: Sie spinnt nicht, die Linse.

Zwei Bankreihen vor mir blitzt ein blaues T-Shirt. Dazu diese braunen Strubbelhaare. Und wenn ich meine Augen auf sehr scharf stelle, erkenne ich deutlich das silberne Kettchen am Hals.

Mich haut's um ... Julia sitzt da. Das Mädchen von der Tiefkühltruhe. Ich will sie genauer sehen, rutsche zur einen Seite, rutsche zur anderen. Ist sie das wirklich?

Ich bin sicher: Sie ist es. Mensch, Mädchen, dreh dich kurz zu mir. Aber sie hat nur Augen für den lebendigen Konjunktiv da vorne. Ich weiß, Aufmerksamkeit ist etwas Lobenswertes für Schüler. Trotzdem, sie sollte ihre Aufmerksamkeit lieber mit voller Kraft nach hinten richten, zu mir.

Ne, das tut sie nicht. Und ich kann hier auf keinen Fall rufen: He, Julia! Na ja, mit neunundneunzig Prozent Sicherheit heißt sie ja auch anders.

Also, der miese Empfang ist fast verdaut. Ob Julia gemerkt hat, dass ich der bin, der den Quark im Laden hat liegen lassen? So sehr toll wird sie mich nicht in Erinnerung haben.

Eben bricht der Lehrer unzart in meine Überlegung ein. Was will er denn? Er bildet einen Indikativ, also eine Wirklichkeitsform. »Er ist gegangen«, sagt er und fragt: »Wie heißt der Konjunktiv eins dazu?«

Blitzschnell fahre ich meinen Finger hoch und will ihm das Rätsel beantworten. Das soll ein Test werden. Ich möchte hören, ob die Leute noch mal lachen, wenn ich etwas sage. Sofort nimmt mich der Lehrer dran. »Ginge er doch«, sage ich und der Mann ist zufrieden.

Lacht einer? Nein, ich höre nichts. Haben die sich etwa schon an meinen Dialekt gewöhnt? Scheint so. Vielleicht trauen sie sich auch nicht mehr zu lachen.

Leider dreht sich Julia keinen Zentimeter um. Sie spielt wohl Verstecken mit mir. Nein... sie bewegt sich doch... und... wendet sich zur Seite... Wirklich, absolut kein Zweifel möglich. Sie ist es!

Ich könnte meine Schultasche hochwerfen vor Begeisterung, mich dranhängen und losfliegen. Na ja, lieber nicht. Das wäre ein bisschen ungewöhnlich, wenn einer neu in die Klasse kommt und gleich die Schwerkraft aufhebt, obwohl das im Augenblick für mich gar kein Problem sein würde. Ich spüre das.

Der Lehrer sagt wieder das Wort Konjunktiv. Julia ist keiner, also kein Ausdruck des nur Vorgestellten. Bei ihr handelt es sich klar und eindeutig um die Wirklichkeitsform, den Indikativ. Und dieser Julia-Indikativ sitzt zwei Tische vor mir. So eine Grammatik mag ich und die kapiere ich blitzschnell.

Die anderen Schüler in der Klasse stören mich gar nicht mehr besonders. Das Lachen verzeihe ich ihnen. Wenn's mir gut geht, bin ich nämlich großzügig.

Jetzt dreht sich Julia-Indikativ richtig und ganz um. Sie sagt etwas und drückt dem Löwenkopfmädchen vor mir einen Zettel in die Hand. Die Löwin guckt drauf, nickt, dreht sich um und gibt den Zettel an mich weiter. »Für dich«, sagt sie.

Der Zettel liegt auf meinem Tisch, für mich und zusammengefaltet. Ich staune und mein Nebenmann tut das Gleiche. Dabei kommen seine Augen ein Stück vor. Gleich quellen sie über die Ufer.

Ich falte das Papier auseinander und lese: »Hallo Neuer. Deinen Namen habe ich wegen des Lachens nicht verstanden. Ich fand das Lachen doof. Ich bin die, die zwei Reihen vor dir sitzt. Du kennst mich aus dem Laden.«

Natürlich kenne ich dich, völlig klar. Ich lese den Brief noch mal. Mein Nachbar möchte ihn auch lesen und beugt sich weit zu mir rüber. Pass auf Junge, sonst wirst du aus der Kurve getragen. Schnell den Zettel mit dem Arm zugedeckt. Schade, dass Julia ihren Namen nicht darunter geschrieben hat.

Ganz lässig stecke ich das Papier ein. Wenn ich mir das genau überlege, müsste ich den Lachsäcken um mich eigentlich dankbar sein. Weil sie gelacht haben, gab's Post für mich. Die ist eine prima Begrüßung, nach der sehr mäßigen durch die Klasse.

Die eine Begrüßung hat mich k.o. gehauen, die andere war okay. Sie hat mich richtig aufgepäppelt. Man könnte sagen, es steht eins zu eins. Das ist ein Ergebnis, über das es am ersten Tag und in der ersten Stunde wirklich nichts zu meckern gibt.

Eine ganz normale Familie. Zehnter Bericht.

Michael und Sabine sollen den Abendbrottisch decken. Sabine bringt einen Salzstreuer aus der Küche ins Wohnzimmer und beschwert sich dann laut, dass sie immer alles alleine tun muss. Deswegen tut sie nichts mehr und sieht Michael beim Tischdecken zu.

Frau Konrad hat keine Lust sich einzumischen. Sie wundert sich, denn eigentlich wäre Bines Streik ein Grund für einen lauten Geschwisterstreit, aber Michael bleibt ruhig. Der Junge hat heute nach seinem ersten Schultag überhaupt gute Laune, fällt Frau Konrad auf. Am Nachmittag wollte er sogar wissen, ob er einkaufen soll. Mit solchen Fragen wird sie normalerweise nicht verwöhnt.

Jetzt bringt Frau Konrad Wurst und Käse aus der Küche. Ihr Mann muss bald nach Hause kommen. Sie ist gespannt, was er von seinem ersten Arbeitstag erzählen wird.

Michael sagt seiner Schwester, sie soll sich nicht drücken.

Die stöhnt und beschwert sich, dass ihr großer Bruder nur befehlen will, und das lässt sie sich nicht gefallen. Schimpfend verschwindet sie aus dem Zimmer. Als sie dann aber ihren Stiefvater an der Tür hört, taucht sie sofort wieder auf.

Noch im Flur erzählt er von seinem ersten Arbeitstag. Erleichtert klingt er dabei. Die Arbeit ist kaum anders als bisher und mit dem neuen Chef und den Kollegen im Verlag wird er wohl auskommen. Irgendeinen Haken gibt's zwar sicher, meint er. Dass der Wechsel zu einem anderen Verlag völlig reibungslos klappt, kann er sich nicht vorstellen. Aber der erste Tag hat ihm gefallen. Herr Konrad klingt ziemlich optimistisch.

Die Familie steht nun im Wohnzimmer. Sabine unterbricht ihren redenden Vater und erzählt vom ersten Schultag. Vorne sitzt sie und das findet sie blöde. Aber die Lehrerin ist wahrscheinlich ganz gut. Herr Konrad erzählt von einem Kollegen und Sabine von einem Jungen aus der Klasse. Es geht durcheinander. Sie lachen.

Michael hört nur zu. Als sein Stiefvater wissen will, wie es bei ihm in der Schule war, meint er, es ging. Allerdings hat er noch nicht alle Lehrer kennen gelernt, sagt er.

Sachlich klingt das und gar nicht so fröhlich wie bei den anderen, fällt Frau Konrad auf. Dabei war Michaels gute Laune heute nicht zu übersehen. Trotzdem erzählt er wenig und man muss es ihm aus der Nase ziehen. Ob er in der Schule auch so ist?, fragt sich Frau Konrad.

Den Tee darf sie nicht vergessen. Sie verschwindet in der Küche. Aus dem Wohnzimmer hört sie ihren Mann und Sabine, die sich eine Menge Neues zu erzählen haben.

Und was ist mit mir?, überlegt Frau Konrad. Die Wohnung

haben wir eingeräumt. Ich habe eingekauft, das Essen gekocht, sauber gemacht. Darüber gibt es nichts zu berichten.

Außerdem hat sie in der Zeitung zum ersten Mal nach einem Stellenangebot gesucht. Stellen für eine Putzhilfe, eine Bardame und eine Außendienstmitarbeiterin wurden angeboten. Und das ist alles nichts für sie.

Mit den Kindern hat Frau Konrad bisher nur kurz und nebenbei über ihren Wunsch nach einer Halbtagsstelle gesprochen. Das möchte sie bald ausführlicher tun.

Sie bringt den Tee ins Wohnzimmer. Die Familie sitzt um den Abendbrottisch. Der Zucker fehlt noch. Als Sabine ihn holen soll, sagt sie wieder: »Immer muss ich alles machen.« Diesmal lacht der Rest der Familie darüber. Sabine guckt in die Runde, dann schimpft sie kurz und den Zucker holt Herr Konrad.

Wie heißt du eigentlich?

Normalerweise erledige ich das Frühstück und den Schulweg im Halbschlaf. Aber heute gehe ich voll wach durch das Treppenhaus. Hallo Nachbarn, keiner da, der mich begrüßen will? Die schlafen wohl noch.

Vor dem Haus linse ich zum Laden hinüber. Leider taucht das blaue T-Shirt nirgends auf. Na ja, dackle ich eben alleine Richtung Schule. Warte mal, Mick, tröste ich mich, du kriegst schon irgendwie raus, wann Julia morgens losgeht. Zufälligerweise werde ich zur gleichen Zeit unterwegs sein. Gute Aussichten … und die beschleunigen meinen Schritt.

Obwohl ich zurzeit völlig auf Blau eingestellt bin, nehme ich einen Farbwechsel vor. Ich suche etwas Gelbes, einen Briefkasten. Gestern Abend habe ich mich nämlich über ein Blatt Papier hergemacht und es in einen Brief für meinen Biologischen verwandelt. Vom ersten Schultag habe ich ihm geschrieben. Danach war ein Kurzbrief an Bernd dran. Wenn der nichts von sich hören lässt, muss ich mich mal melden. So einer nennt sich Freund. Na ja, realistisch betrachtet ist das wohl nur noch eine Fernfreundschaft.

Vorsicht! Eben hätte ich doch beinahe einen Briefkasten umgerannt. Klappe auf, Post rein und ich gehe weiter. Von ferne droht mir die Schule. Das ist natürlich Quatsch, denn sie droht gar nicht. Aber als Schüler kannst du einen Zwangsaufenthaltsort einfach nicht anders sehen, der dich morgens aus dem Tiefschlaf reißt, den ganzen Vormittag und den halben Nachmittag in Trab hält und abends zu früh ins Bett schickt.

Ich bin gerade dabei, mir noch ein paar Schulgedanken zu machen, als meine Gehörgänge Besuch kriegen. Von hinten kommt der. »He!«, ruft jemand und ich drehe mich um. Es ist kaum genug Zeit, freudig zu erschrecken, als Julia schon neben mir steht. Meine Fehlschaltung bremse ich im letzten Augenblick. Ich wollte nämlich »Hallo, Julia« sagen.

Diesmal ist ihre Bluse braun. Ich verschweige, wie hervorragend ich finde, dass wir den gleichen Schulweg haben. Irgendwas einigermaßen Kluges sollte ich aber unbedingt von mir geben, sonst hält sie mich für doof. Leider erstarrt mein Gehirn unter solchen plötzlichen Anforderungen zu einem völlig untauglichen Klumpen.

Schweigend tragen wir unsere Taschen nebeneinander Richtung Schule, bis Julia wissen will: »Wie hat's dir gestern bei uns in der Klasse gefallen?«

»Na ja«, sage ich, »das Lachen fand ich nicht besonders lustig.« Mutig sage ich hinterher: »Den Zettel von dir fand ich gut.«

»Dein Dialekt war für uns zuerst 'ne Überraschung«, erklärt sie. »Es haben übrigens längst nicht alle gelacht.« Dann sagt sie: »Eigentlich kann man's bei uns in der Klasse aushalten. Der Brauer, den wir in Deutsch haben, ist in Ordnung. Manchmal ein bisschen lahm, aber insgesamt gut zu ertragen. Nachher erlebst du die Schlutbolm in Geographie. Sie ist ziemlich jung. Am Anfang war sie so nett, dass sie keiner ernst genommen und was getan hat. Damit ist sie überhaupt nicht fertig geworden und hat's streng versucht. Das hat dann auch keiner mehr ernst genommen. Eigentlich schade, ich glaube, die Schlutbolm haben wir verdorben.«

Julia hält mir einen richtigen Vortrag über die Schule und unsere Klasse. Also, inhaltlich interessiert mich das mehr am Rand, aber die Stimme mag ich.

Ob sie ihre Leuchtaugen angeknipst hat? Die sind mir sehr aufgefallen, als ich sie zum ersten Mal gesehen habe. Was erzählt sie? Ach, irgendwas von der Schülerzeitung unserer Schule, Trompete heißt sie. Na gut, ich möchte aber eigentlich wissen, wie Julia heißt. Und das mit den Leuchtaugen muss ich klären. Also riskiere ich mal einen kurzen Seitenblick auf ihr Gesicht.

Wirklich, ihre Augen kriegen von irgendwoher Strom. Pickel hat sie übrigens auch nicht, im Gegensatz zu mir.

Ihre braunen Strubbelhaare sind ungefähr so lang wie meine blonden. Ich mache noch eine Entdeckung. Am Kinn hat Julia ein freundliches Grübchen. Beinahe hätte ich mich darin festgeguckt.

Moment mal, sie sagt nichts mehr, also wäre ich wohl mit dem Reden dran. Wenn ich weiter ruhig bin, glaubt sie bestimmt, ich hätte eine Sprachstörung. Jetzt frage ich Julia: »Wie heißt du eigentlich?«

»Esther.«

»Na gut«, sage ich. Schade, den Namen Julia kann ich begraben. Das »Na gut« hat wohl eher ungut geklungen, deswegen will sie wissen: »Hast du was gegen den Namen?«

»Nö«, sage ich und dann rutscht mir raus: »Ich hatte einen anderen für dich.«

»Sag ihn mal«, verlangt sie und ich nenne ihn. »Julia.« Das mit dem Indikativ lasse ich weg. Dazu müsste ich einiges erklären.

»Gar nicht schlecht, der Name«, sagt sie. »Wie bist du drauf gekommen?«

»Würde irgendwie zu dir passen«, sage ich und sie lacht. Also meinetwegen könnte das noch eine Stunde so weitergehen. Aber leider stellt sich dieser Steinkasten Schule unserem Spaziergang viel zu früh in den Weg. Damit ist der freundliche Teil des Morgens vorbei. Zum Abschluss sagt Julia: »Wenn du jetzt mal deinen Quark bei uns im Laden liegen lässt, bring ich ihn dir in die Schule mit.«

Den Quark hat sie nicht vergessen. Das Thema ist mir unangenehm, trotzdem bringe ich ein Lachen zu Stande. Es klingt zwar leicht gequält, aber immerhin.

Mit ihr verlaufe ich mich in der Schule garantiert nicht. Und es ist ein ziemlich gutes Gefühl, neben Julia in die Klasse zu kommen, ganz anders als gestern.

Ein paar Leute sitzen da und schreiben eifrig. Die hatten zu Hause wohl keine Zeit für Schularbeiten. Ziemlich klotzig steht mein Nebenmann an seinem Stuhl. »Tag« sage ich. »Hallo«, sagt er.

Übrigens heißt er Tom, das hat er mir gestern noch verraten. Der weibliche Löwenkopf am Tisch vor mir sagt auch »Hallo«, sogar mit Lächeln hinterher. Das registriere ich alles positiv. Ein Junge setzt sich neben meine Vorderfrau, den ich bisher völlig übersehen hatte.

Jetzt kommt Frau Schlutbolm rein, die Erdkundelehrerin. Sie ist kaum älter als wir, staune ich. Dass es einen Neuen gibt, nämlich mich, hat sie schon gehört und sie begrüßt mich. Von ihr soll ich also erfahren, wo Amerika liegt, wie die wässrigen und hügeligen Teile heißen und was die Leute dort treiben. Die Landkarte hängt vor der Tafel, damit man sich das alles besser vorstellen kann.

Mensch, hat die Frau eine Piepsstimme. Wenn sie was sagt, denkst du automatisch an einen aufgeregten Vogel. Ob die auch picken kann?

Sie gibt sich wirklich Mühe, dafür habe ich einen Blick. Aber als gelernter und routinierter Schüler merkst du nach ein paar Minuten, die Frau hat keine Chance. Wahrscheinlich bin ich der Einzige, der ihr überhaupt zuhört. Die anderen haben die Ohren schon längst abgelegt. Sie beschäftigen sich mit sich, den Nachbarn oder Nachbarinnen, dösen, malen, machen Schularbeiten oder quatschen.

Frau Schlutbolm stellt eine Frage und kein Mensch meldet sich. Dafür gähnt einer laut. Sie ist wirklich total alleine. Die lassen sie glatt hängen, völlig verkorkst, der Unterricht. Eigentlich kann sie einem Leid tun. Wieso ist die bloß Lehrerin geworden?

Mein Nebenmann schnitzt mit seinem Taschenmesser schmale Späne aus dem Tisch. Wahrscheinlich will er später mal als Tischler arbeiten und übt schon. Interessiert gucke ich ihm zu. Jetzt will er wissen: »Hast du gestern den Krimi gesehen? War stark.«

»Ne«, sage ich und er probiert ein anderes Thema. »Am Anfang redet sie immer so laut«, sagt er und zeigt mit dem Taschenmesser zur Geographiefrau. »Spätestens nach zwanzig Minuten wird sie leiser und dann stört sie gar nicht mehr. Aber in den ersten zwanzig Minuten ist ihr Gepiepe recht lästig.«

Eigentlich möchte ich sagen, dass sie mir Leid tut. Dummerweise gewinnst du als Neuer mit so einer völligen Außenseitermeinung keinen Blumentopf. Also schlucke ich das runter.

Was macht Julia, ich meine Esther? Mal am Löwenkopfmädchen vorbeigucken. Die versperrt mir wirklich die Aussicht. Ich glaube, Esther liest etwas. An ihrem Hals sehe ich eine Stelle mit ganz kurzen weichen Haaren. Sie gefällt mir wirklich, der Hals, die Haare ... und überhaupt. Ich könnte sie mir glatt einrahmen.

Plötzlich wechselt Frau Schlutbolm das Thema, da erschrickt man ja fast. Sie regt sich auf, wird rot und schimpft. Was hat die Kleine denn? Mensch, gleich pickt sie, stelle ich mir vor. Sie zetert mit dem Löwenkopf. »Claudia!«, ruft sie. »Was isst du?«

»Kohlrabi!«, antwortet Claudia vor mir und die Klasse kichert.

»Warum isst du im Unterricht Kohlrabi?«, fragt Frau Schlutbolm.

»Weil mir meine Mutter ein Stück mitgegeben hat. Sie meint, Kohlrabi ist gesund«, antwortet der Löwenkopf sehr kühl. Die Klasse jubelt und freut sich, denn endlich passiert was.

So eine Frage darfst du als Lehrerin einfach nicht stellen, sonst fällst du voll auf die Nase. Schon passiert, fassungslos steht Frau Schlutbolm neben der Landkarte und ruft wütend: »Bis morgen schreibst du drei Seiten darüber, was wir heute durchgenommen haben!«

Mein Nachbar klappt sein Taschenmesser zu und sagt laut: »Sie dürfen keine Strafarbeiten verteilen!«

»Das ist keine Strafarbeit«, meint Frau Schlutbolm. Jetzt lässt sich dieses Schaf auch noch auf eine Diskussion darüber ein. Die Frau scheint von allen guten Geistern verlassen zu sein. Sie sagt: »Claudia soll mit der Arbeit nur zeigen, dass sie aufpasst, während sie Kohlrabi isst.«

»Natürlich ist das eine Strafarbeit!«, höre ich von weiter hinten. Ein paar andere pfeifen. So was kenne ich, ich komme mir fast wie in meiner ehemaligen Schule vor.

Eines ist klar, mit den Leistungen, die sie hier gerne von mir hätten, werde ich wohl keine Riesenschwierigkeiten bekommen. Wenn sie sich auch noch an meinen Dialekt gewöhnen, halte ich das in dieser Klasse aus.

Was macht Julia? Also… an ihren richtigen Namen gewöhne ich mich einfach nicht. Eben guckt sie sich um, schickt einen Blick am Löwenkopf vorbei und zu mir. Gute Idee. Hat sie gelächelt? Klar, hat sie, nur kurz, aber deutlich.

Eigentlich könnten wir später gemeinsam nach Hause gehen. Ob ich ihr das sage? Ne, ich schreib's ihr.

Während Frau Schlutbolm die Klasse wieder mit Geographie einschläfert, reiße ich eine Seite aus dem Heft. Oh… das klingt laut. Entschuldigung, ich wollte niemanden wecken. Auf das leere Blatt schreibe ich: »Hallo, die Frau ist wirklich so, wie du gesagt hast. Gehst du nach der Schule gleich nach Hause? Wenn du's tust, könnten wir zusammen gehen. Tschüss. Mick.«

Sehr klein falte ich den Zettel und stupse den Löwenkopf an. Er dreht sich um, ohne Kohlrabi im Mund. Ich gebe ihm den Zettel und zeige zu Julia. Der Löwenkopf versteht sofort, was ich will.

Ziemlich gespannt warte ich auf Post von Julia. Wegen

des Zettels hat mein Nebenmann Stielaugen vor Neugierde. Ne… das sind nicht nur Stielaugen, irgendwie erinnern die mich an etwas anderes. Woran nur?

Ich hab's! In die Familie meines Nachbarn wurde mal ein gemeiner Wald- und Wiesenfrosch eingekreuzt. Wenn der Junge staunt, kriegt er nämlich die typisch prallen Froschaugen. Bestimmt hat er Schwimmhäute zwischen den Zehen.

»Na, na«, quakt er, »hoffentlich wird das nicht schlimmer.« Er zeigt zu Julia und zu mir und wackelt altersschwach mit dem Kopf. Jetzt schnitzt er weiter am Tisch herum. Falls der so fleißig bleibt, hat er unseren Tisch bald zu Spänen verarbeitet und ich brauche das Holzding doch. Worauf soll ich meine Ellenbogen denn sonst stützen?

Eine ganz normale Familie.
Elfter Bericht.

Frau Konrad geht die Gaußstraße hinunter. Sie will schnell nach Hause, denn die Kinder werden bald von der Schule zurückkommen und das Essen ist nicht fertig. Die Zeit reicht gerade noch für Spiegeleier und Butterbrote.

Den ganzen Vormittag war Frau Konrad unterwegs und hat sich nach einer Stelle umgesehen. Beim Arbeitsamt und der Jobvermittlung sah es miserabel aus, denn viele Leute suchen Arbeit. Für sie als Halbtagskraft gab es gar nichts. Aber mehr als halbtags will sie nicht arbeiten. Sie merkt jetzt schon, wie sehr sie sich beeilen muss, wenn sie erst gegen Mittag zurückkommt.

Auch in der Stadtbücherei war Frau Konrad, um sich mit einer Bibliothekskollegin zu unterhalten. Leider wusste die nichts von einer freien Stelle. Morgen suche ich weiter, nimmt sich Frau Konrad vor. Obwohl die Sucherei ziemlich deprimierend ist.

Im Laden gegenüber kauft sie Eier und Jogurt. Als sie bezahlt, kommt ein Mädchen mit brauner Bluse und Schultasche herein. Die hat sie hier schon einmal gesehen. Natürlich, ihren Eltern gehört der Laden, fällt Frau Konrad ein.

Vor dem Schaufenster stößt sie auf Michael und stellt die übliche Frage: »Na, wie war's in der Schule?«

Michael gibt die übliche Antwort: »Ging so.«

Er erzählt nicht, dass er einen Antwortbrief von Esther bekommen hat. Nur ein Wort stand darauf: Okay. Der Zettel steckt in seiner Hosentasche. Das »Okay« hat geheißen, wir gehen gemeinsam nach Hause. Bis eben waren die beiden unterwegs.

Frau Konrad wünscht sich, ihr Sohn sollte mehr erzählen und sein Innenleben nicht immer so verstecken. Er könnte sich auch mal erkundigen, wie es bei ihr heute Morgen war. Aber das interessiert ihn anscheinend nicht.

Als sie gerade in der Wohnung angekommen sind, taucht Sabine wie ein Ungewitter auf. Sie wirft ihren Ranzen in den Flur. Das heißt: Ich bin da. Dann stöhnt sie über die vielen Schularbeiten. Im nächsten Augenblick jubelt sie, weil heute Nachmittag zwei Kinder aus ihrer Klasse zum Spielen kommen.

Frau Konrad schlägt Eier in die Pfanne und freut sich mit ihrer Tochter. Schade, dass Michael noch niemanden gefunden hat. Er sitzt zu viel alleine herum. Vielleicht wird es jetzt besser, hofft Frau Konrad, schließlich geht er in die Schule. Sie weiß, bei ihrem Sohn dauert es länger, bis er Anschluss bekommt. Wenn er dann einen Freund hat, wie den Bernd, hängt er sehr an ihm.

Sabine stürzt zu Michael ins Zimmer, während Frau Konrad einige Sachen aus dem Flur räumt. Als das erledigt ist, will sie mal sehen, was die beiden zusammen tun.

Nebeneinander sitzen sie auf Michaels Bett und erzählen sich was. Zwischen ihnen liegt Michaels alter Teddy. Ungewöhnlich friedlich sieht das aus. Manchmal verstehen sie sich gut, denkt Frau Konrad. Ihr wird innerlich warm, als ihr das auffällt.

Dass Michael immer noch seinen Teddy hat, wundert sie ein wenig. Aber warum eigentlich nicht?

Frau Konrad setzt sich zu ihren Kindern und erzählt ihnen, dass sie jetzt wirklich eine Arbeitsstelle sucht. Michael findet das in Ordnung, obwohl seine Mutter auch sagt: »Ihr müsst dann zu Hause mitarbeiten.«

Sabine versteht allerdings überhaupt nicht, warum ihre Mutter arbeiten möchte. Wieso will sie Geld verdienen, unter Leuten sein und nicht immer nur zu Hause?

Nein, Sabine kann das alles nicht einsehen. Ihre Mutter ist doch unter Leuten. »Du hast Papa und uns«, sagt sie. Und mehr helfen möchte Sabine auf keinen Fall. Ausdauernd schüttelt sie den Kopf, da kann Frau Konrad reden, so lange sie will. Sabine beruhigt sich erst, als ihre Mutter sagt, wie schwer es ist, eine Stelle zu finden.

Michael schnuppert, denn es riecht angebrannt. »Die Eier!«, ruft Frau Konrad und rennt in die Küche. Aber da ist nichts mehr zu retten. Die Eier haben sich schon fast zu Kohle verwandelt. »Mit dem Essen dauert es doch noch ein bisschen«, sagt Frau Konrad und seufzt.

Langweilst du dich?

Ich sitze hinter dem Schreibtisch und starte mit Höchstgeschwindigkeit in den Schularbeitennachmittag. »Los, Mick!«, feuere ich mich an. Im nächsten Moment lege ich den Kugelschreiber voll Arbeitseifer weg.

Der Blitzstart hat sich als glatter Fehlstart entpuppt. Man soll auch nicht zu schnell sein wollen. Das stresst, außerdem muss das Tempolimit eingehalten werden.

Ich will mich auf die Schularbeiten konzentrieren, unbedingt. Was hätten wir denn heute Schönes? Mathe und Geschichte … na ja. Aber das Konzentrieren klappt nicht, denn die Gedanken laufen wie irre in meinem Kopf herum. Hierhin und dorthin und vor allem weg von den verdammten Schularbeiten und dafür zu Julia-Esther-Indikativ.

Ich denke: Julias Lachen, und spüre richtig, wie ich mitlache, obwohl sie gar nicht da ist.

Ich denke: Ich mag Julias Gesicht. Sind doch nur zwei Augen. Nase. Mund. Dunkelbraune Haare darüber … Schluss.

Halt! … Das Grübchen im Kinn hätte ich beinahe vergessen. Und solche Leuchtaugen hat sie außerdem. Irgendwo ist da ein Schalter zum Anknipsen. Ne, das muss ein Doppelschalter sein, denn ich werde von den Leuchtaugen mit angeknipst.

Schmal sieht sie aus, aber nicht dünn. Stellenweise rundlich. Sie ist ein Mädchen, ganz klar, das sehe ich auch ohne Brille.

Die Juliagedanken schieben die Schularbeiten beiseite, sind viel stärker. Aber was heißt hier Juliagedanken? Esther heißt sie. Esther! Ne… ich glaube, ich bleibe bei Julia. Ich habe mich daran gewöhnt.

Nicht nur die Schularbeitengedanken sind weg. Ne… die Türschildgedanken sind eigentlich auch verschwunden, dazu die Stiefvater- und Vatergedanken und die Berndgedanken. Alles ist weg und ich sitze am Schreibtisch und bin es auch.

Ich denke: Diese Stelle an Julias Hals mit den weichen Haaren, die möchte ich kurz berühren… oder länger. Streichelgedanken… verflixt schöne.

Du lügst Mick, du möchtest sie nicht nur am Hals streicheln. Mensch, ich werde richtig gierig. Blödes Wort »gierig«.

Also… an Bernd habe ich nie so gedacht. Schwul bin ich wohl doch nicht.

Ich glaube, meine Sexualität geht mit mir durch. Komisches Wort… Sexualität, klingt nach Bravo und Biologiebuch. Egal, alle Mann zum Löschen, denn die Hormone brennen und rasen herum. Festhalten, Jungs!

Im Biologiebuch steht das anders. Das muss ich mal nachschlagen, aber dazu habe ich keine Zeit. Schließlich bin ich voll mit mir beschäftigt.

Ich könnte aus der Haut fahren … wie man dann wohl aussieht? Es ist jetzt alles so kribbelig in mir. So heiß. Im Kopf. Im Körper. Das zieht und drückt.

Ich glaube, ich schreibe mir eine Entschuldigung. Der Schüler Mick konnte keine Schularbeiten machen. Grund: Julia-Esther-Indikativ. Streichelgedanken und Hormonaufstand.

Los! Ran an die Schularbeiten, sage ich mir. Aber die liegen immer noch völlig unberührt auf dem Schreibtisch herum. Dafür habe ich Julia in Gedanken ziemlich berührt.

So geht das nicht mehr weiter. Gleich ziehe ich die Notbremse. Oder ob gegen den Aufstand in mir eine kalte Dusche was nützt? Ne… verzichte! Was könnte ich sonst tun?

Ich brauche gar nichts zu tun. Meine Mutter platzt herein, ach, die fehlt mir gerade.

»Na, kommst du mit den Schularbeiten klar?«, will sie wissen.

»Logisch«, sage ich und bin wieder irre gesprächig.

»Willst du eine Tasse Tee?«, fragt sie.

Na gut, trinken wir Tee, Mütterchen und ich. Brav trotte ich hinter ihr ins Wohnzimmer und am Spiegel vorbei. Schnell weggucken, die Pickel.

Plötzlich durchzuckt mich ein Gedanke. Ob mein Stiefvater eigentlich auch so an meine Mutter denkt, wie ich an Julia denke?

Wehe, er tut das. Na ja, wahrscheinlich ist er zu alt dafür, einundvierzig, der Mann. Dann fällt mir ein: Ob Mutter eventuell auch so an ihn denkt?

Glaube ich kaum. Bestimmt denken Frauen anders an Männer. Oder nicht? Verdammt, ich habe keine Ahnung. Im Biobuch steht nichts darüber. Da findest du zwar jede Menge über Samenzellen, Samenleiter, Eierstock und so was, aber sonst wenig. Vielleicht habe ich auch nicht richtig gelesen, das muss ich nachholen. Oder frage ich das einfach mal meine Mutter? Es interessiert mich ja wirklich alles brennend.

Jetzt sitzen wir im Wohnzimmer. Bärbel und ich trinken Tee und sagen nichts. Eigentlich könnte ich ruhig von Julia erzählen, schließlich bin ich randvoll damit, schwappe gleich über. Aber irgendwie bringe ich das nicht fertig. Gestern habe ich noch mit dem Teddy gespielt und heute würde meine Mutter von Julia erfahren. Ich glaube, so ein Kontrastprogramm verkraftet die Frau nicht. Das muss ihr alles vorsichtiger beigebracht werden und ganz langsam. Außerdem geht es eigentlich keinen was an, auch sie nicht.

Sie trinkt einen Schluck Tee, ich trinke einen. Dann stehe ich auf und gehe zum Fenster. Ich schmeiße einen Haufen Blicke zu dem Laden rüber. Leider sehe ich da nichts Wichtiges, nur Sonderangebotsplakate. Saure Gurken. Das Glas 1,48 DM. Und mit denen habe ich nichts im Sinn.

Während ich rausgucke, guckt mein liebes altes Mütterchen besorgt auf mich. Den Blick spüre ich richtig. »Langweilst du dich?«, fragt sie.

Im Gegenteil, ich bin innerlich sehr beschäftigt. Aber das sieht sie nicht und deswegen meint sie: Ich langweile mich. Für richtig beschäftigt hält mich meine Mutter nur, wenn ich den ganzen Tag hektische Aktivität verbreite und mehrfach Besuch bekomme. Die Frau hat keine Ahnung von meinem Innenleben.

»Ne«, sage ich mit ziemlicher Verspätung. »Ich langweile mich überhaupt nicht.« Sie guckt skeptisch und hat mütterliche Vorschläge parat. »Du solltest in einen Sportverein.«

Oje, das kenne ich. Sie wollte als Jugendliche nämlich in

einen Sportverein, durfte aber nicht. Jetzt meint sie, ich muss wollen, weil sie's wollte und nicht durfte. »Ne, ich mag nicht«, sage ich.

»Oder schließ dich einer Schachgruppe an«, schlägt sie vor. Sie möchte mich unbedingt beschäftigen. »Keine Lust«, sage ich und weiß genau, worauf ich Lust hätte.

Meine Mutter nervt mich. Ständig will sie etwas für mich organisieren, weil sie und ihr Erziehungsbuch meinen, junge Menschen müssen mit Gleichaltrigen zusammen sein.

Endlich hat sie aufgegeben. Wie wild blättert sie in einer Illustrierten, und zwar immer von hinten nach vorne. Komische Angewohnheit.

Ich gucke zum Laden. Eben geht jemand aus der Tür, und zwar eine Doppelfrau. Gut zweihundert Pfund schwer und links und rechts je eine Einkaufstasche. Die Frau hat den Laden ziemlich gefüllt. Sehr viel Platz ist darin nämlich nicht. Für mich würde er allerdings reichen.

Ob ich mir noch ein Eis leiste? Vielleicht ist Julia im Laden. Ne, sicher macht sie Schularbeiten. Vielleicht besucht sie auch Freunde oder ihre Oma. Bestimmt ist sie nicht drüben, wenn ich komme.

Was erzähle ich mir denn da? So was mache ich öfter, fällt mir ein. Ich male mir Dinge, auf die ich mich freue, möglichst schlecht aus. Dann bin ich nicht so enttäuscht, wenn es schief geht. Aber ich hoffe ja doch, dass es klappt und Julia im Laden ist.

Die Juliagedanken befehlen mir: Los, geh rüber! Also … ich verliere doch glatt meine Unabhängigkeit, trotzdem gehe ich.

Zu meiner Mutter sage ich: »Ich will raus.« Und sie sagt was von »frischer Luft«, die mir bestimmt gut tut.

Meine Beine gehorchen meinem Kopf voller Juliagedanken blitzschnell. Sie flitzen aus der Wohnung und die Treppe runter. »Guten Tag«, grüße ich einen Nachbarn. Wenn ich so weitermache, bestehe ich die Prüfung »der höflichste Junge im Haus« mit Auszeichnung.

Ich habe es geahnt, Julia ist nicht im Laden. Ob ich ihre Eltern frage, was sie gerade macht? Die stehen an der Kasse und sehen in ihren weißen Kitteln richtig ärztlich aus. Erst mal sage ich zu Juliamutter, dass ich ein Eis möchte. Da sagt der Juliavater: »Du bist doch der Neue in Esthers Klasse.«

»Ja«, sagte ich.

»Esther macht gerade Schularbeiten«, sagt Juliamutter.

Das klingt fast wie eine Einladung. Jetzt könnte ich eigentlich loswerden, dass ich sie besuchen möchte. Aber ich schaffe es mal wieder nicht, das zu sagen, was ich eigentlich sagen will. In meinem Kopf ist die Verbindung zwischen Hirn und Mund völlig blockiert.

Manchmal habe ich wirklich das Gefühl, den Kopf kann ich vor allem brauchen, um Pickel vorzuzeigen. Das schafft er prima. Aber er streikt völlig, wenn ich ihn mal für was anderes nötig hätte, zum Beispiel zum Reden.

Ich bekomme das Eis und bezahle. Zum Wimmern ist das. Gleich werde ich aus dem Laden trotten, hätte Julia besuchen können und habe es nicht getan, weil ich oberdusselig bin.

Ich drehe mich um und meine, es ist alles vorbei. Da öffnet sich der Mund von Julias Mutter plötzlich und wunderbarerweise zu einem Ruf: »Esther!« Und mir erzählt sie: »Ich glaub, sie ist froh, wenn sie heute Besuch bekommt. Sie hockt schon die ganze Zeit alleine herum.«

Julia … alleine? Das kann ich mir überhaupt nicht vorstellen. Bestimmt kennt die hier eine Menge Leute, wahrscheinlich zehn an jedem Finger.

Ich stehe neben der Kasse und staune vor mich hin. Dazu nicke ich sehr ausdrucksstark. Wenn ich das richtig einschätze, sehe ich im Augenblick aus wie ein Volltrottel.

Nur knapp schaffe ich es, ein etwas intelligenteres Gesicht zu ziehen, als Julia die paar Stufen in den Laden runterkommt. Sie steht zwischen den Tiefkühlsachen, dem Brot und was es hier sonst alles gibt und sagt: »Hallo!«

»Hallo!«, sage ich. Dann schiebe ich einen kolossalen Satz hinterher: »Ich wollt mir ein Eis kaufen.« Höllisch interessant, der Satz. Außerdem habe ich mir das Eis schon gekauft. Etwas Blöderes konnte mir zur Begrüßung kaum einfallen.

Bevor ich mehr sage, sind Leute im Laden, fünf Stück, eine ganze Kundenmeute. Der Laden ist gestopft voll. »Komm mit«, sagt Julia, einfach so. Na gut, komme ich eben mit. Schon trotte ich neben ihr her, in den hinteren Teil des Ladens und die Stufen hoch.

Wir gehen durch einen kleinen Lagerraum voller Kartons und Kästen. »So sieht's hier immer aus«, sagt Julia. Dann zeigt sie zu einer Tür. »Da ist die Wohnung«, sagt sie.

Wirklich, ich bin in ihrem Zimmer und wir sind alleine. Irre. So ähnlich habe ich mir das vorhin gewünscht, als ich über den Schularbeiten saß.

Das Zimmer ist eine ziemlich kleine Zimmerhöhle. Ziemlich schräge Wände gibt es zu besichtigen und ziemlich bunt ist es hier. Es scheint alles drin zu sein, was der Mensch so braucht. Schreibtisch, Sofa, Stühle, Tisch und ein Plattenspieler. An den Wänden hängen Poster.

Mein Eis sollte ich nicht vergessen. Schnell das Papier abgerissen und in den Schokoladenüberzug gebissen.

Ich stehe an der Tür. Julia steht am Schreibtisch und auf dem liegen die Schularbeiten und langweilen sich. Ich könnte meine dazu legen, dann wären ihre nicht alleine. »Hast du auch noch nicht damit angefangen?«, frage ich. Endlich arbeiten mein Gehirn und mein Mund Hand in Hand.

»Ne«, sagt sie und ich erzähle ihr lieber nicht, was mich von den Schularbeiten abgelenkt hat.

Jetzt setze ich mich auf einen Stuhl und sie setzt sich auf ihr Sofa. Wir reden über Frau Schlutbolm. Ich sage: »Für die muss es ein Graus sein, in die Schule zu gehen.«

»Bestimmt«, sagt Julia. »Sie hat den falschen Beruf. Vielleicht wär sie im Kindergarten gut, aber bei uns … ne … das geht schief. Sie kann sich überhaupt nicht durchsetzen.«

Dann reden wir über den Löwenkopf Claudia, der mir den Ausblick auf Julia versperrt. Über Tom reden wir, den klotzigen Frosch neben mir. Als ich »Frosch« sage, lacht Julia. Sie erzählt, dass der Frosch, die Claudia, der Roland und sie bis vor kurzem eine Clique waren. Deswegen haben sie sich auch so eng zusammengesetzt. Aber jetzt ist Claudia sauer auf Roland, ihren Nebenmann, mit dem sie bisher ging. Seit ein paar Wochen geht der nämlich mit Conny aus der Parallelklasse. Die glucken ständig zusammen und die Clique gibt's nicht mehr. »Schade«, sagt Julia. »Früher sind wir zum Baden gefahren oder haben sonst was zusammen gemacht, das war gut.«

Am liebsten möchte ich fragen: Und mit wem gehst du? Eigentlich könnte ich ihr ja auch vorschlagen, dass wir zusammen eine ganz prima Clique wären. Julia und Mick. Aber die Ideen verschiebe ich alle. Grund: keine Traute. Dafür gucken wir uns ihre Kassetten an.

Plötzlich spüre ich was Feuchtes in der Hand. Das Eis. Es tropft ziemlich überflüssig aus der Schokolade und auf den Teppich. Vor lauter Zusammensein mit Julia habe ich es beinahe vergessen. Schnell in den Mund damit, bevor es völlig wegfließt.

Julia holt einen Lappen und ich wische. Dann sitzen wir wieder. Ich auf dem Stuhl. Sie auf dem Sofa. Unsere Beine berühren sich fast.

Das Zimmer ist voll lauter Musik. Es passen kaum noch Wörter zwischen die Töne. Wir hocken da und fahren mit dem Rhythmus ab. Ich überlege auch gar nicht mehr, was ich sagen soll oder nicht. Ich bin einfach mit Julia zusammen, summe zur Musik und Julia sagt: »Du brummst!«

»Kein bisschen«, sage ich. »Weißt du, ich bin nämlich überhaupt irre musikalisch.« Dann erzähle ich ihr, dass ich wahrscheinlich bald eine Gitarre bekomme. »Prima«, schreit Julia. »Bringst du mir das Spielen bei, wenn du's kannst, ja?«

»Hm.« Plötzlich muss ich lachen und Leuchtauge guckt mich fragend an. »Lachst du über mich?«, will sie wissen. Ich nicke und sage ihr, dass sie drei rote Punkte auf der Wange hat. »Siehst fast aus wie 'n Marienkäfer. Die haben auch rote Punkte«, lass ich eine Biologieweisheit los.

»Quatsch«, sagt sie. »Der Käfer ist rot. Die Punkte sind schwarz.«

»Ne, stimmt nicht«, sage ich. Jedenfalls können wir uns nicht einigen. Julia sucht in ihren Büchern das Bild eines

Marienkäfers, findet aber keines. Danach reden wir, hören Musik und sitzen nahe beieinander.

Manchmal möchte ich sie anfassen, mir ist irgendwie so. Ob sie was dagegen hätte? Im nächsten Moment zucke ich zurück. Wenn wir reden, vergesse ich das Anfassenwollen wieder. Nur wenn wir ruhig sind und Musik hören, denke ich daran.

Als ich auf die Uhr sehe, fallen mir die Schularbeiten ein. Deswegen sage ich »tschüss«.

»Komm mal wieder«, sagt sie und steht auf. Julia sagt das einfach so und ich freue mich. Na ja, nicht laut, mehr nach innen.

Wir gehen durch den Laden. »Tschüss«, sagt ihr Vater. Als ich mich auf dem Gehsteig umdrehe, verschwindet Julia hinter dem Schaufenster.

Mensch, denke ich, sie hat meinen Pickel gar nicht gesehen. Na ja, vielleicht hat sie ihn höflich übersehen. Eigentlich wollte ich mich ja möglichst mit der pickellosen Gesichtshälfte an sie ranmachen, wegen des besseren Eindrucks. Das habe ich dann völlig vergessen.

Es war schön mit ihr und ich bin irre aufgedreht, könnte der ganzen Welt einen Kuss geben. Ich mag sie. Nein, nicht die Welt … Julia.

In unserem Flurspiegel starte ich eine Pickelbetrachtung. Nirgends finde ich einen Pickelberg, höchstens ein Hügelchen, weiter nichts. Man sieht das Gesicht dahinter ganz gut.

Ich renne zu meiner Mutter ins Wohnzimmer und gebe ihr einen Kuss, obwohl ich der ganzen Welt einen geben könnte. Mutter guckt mich erstaunt an und ich sage: »Na ja … ohne Grund, nur so, weil Dienstag ist.«

Dass sie den Kuss kriegt, den ich eigentlich Julia geben möchte, behalte ich für mich. Mütterchen würde ihren Blick jetzt wohl gerne in mein Innenleben versenken. Das schafft sie aber nicht.

Eine ganz normale Familie.
Zwölfter Bericht.

Während der Tagesschau erzählt Herr Konrad von seinen neuen Kollegen. Mit einem wird er Schwierigkeiten bekommen, da ist er ganz sicher. Der Mann tut so übergenau, richtig pingelig. Außerdem führt er sich auf, als ob er der Chef wäre, und gibt ständig Anweisungen. Herr Konrad will sich das auf keinen Fall bieten lassen.

Seine Frau stimmt ihm zu und erzählt, wie aussichtslos das heute war, als sie sich um eine Stelle gekümmert hat. Sabine sagt ziemlich laut, dass sie die Stellensuche sehr doof findet.

»Leise!«, ruft Michael, denn er will die Tagesschau sehen. Aber er wird glatt überhört, weil Herr Konrad noch etwas von seinem Chef und der Probezeit erzählt, während Sabine gleichzeitig über ihre neue Lehrerin schimpft. »Die gibt viel zu viel Hausaufgaben auf.«

»Du redest immer dazwischen«, beschwert sich Frau Konrad bei ihrer Tochter. »Ich rede dazu!«, sagt die. Dann redet jeder jedem weiter dazwischen.

Michael schaltet den Fernsehapparat aus. Obwohl er auch einiges erzählen könnte, sagt er, er muss noch Schularbeiten machen, und geht. Seine Mutter wundert sich, dass er heute so viel zu tun hat. Länger als den halben Nachmittag sitzt er schon am Schreibtisch.

Als Sabine ins Bett soll, sagt sie wie jeden Abend, sie ist überhaupt nicht müde und alle anderen in ihrer Klasse dürfen mindestens bis neun Uhr aufbleiben. Erstaunlicherweise geht sie dann doch schon nach der zweiten Ermahnung.

Die Eltern sitzen allein im Wohnzimmer. Frau Konrad sagt: »Du, stell dir vor, der Michael hat mich heute einfach umarmt und mir einen Kuss gegeben. So was ist ewig nicht mehr passiert. In letzter Zeit war er ein richtiger ›Rühr-mich-nicht-an‹.«

»Für mich war er das immer«, sagt Herr Konrad. »Manchmal denke ich, das sind typische Stiefvaterschwierigkeiten, dass ich ihn nicht in den Arm nehmen kann. Dann fällt mir ein, mein Vater hat mich auch nie in den Arm genommen. Ein Kuss zwischen uns wäre undenkbar gewesen, obwohl er nicht mein Stiefvater ist.«

Frau Konrad setzt sich neben ihren Mann auf das Sofa und streicht ihm über die Stirn. »Du musst das üben«, sagt sie. »Viel üben.«

»Was?«, fragt er. »Na das«, sagt sie und gibt ihm einen ziemlich langen Kuss. In dem Augenblick kommt Sabine noch mal ins Wohnzimmer. Sie sieht ihre Eltern eng beieinander auf dem Sofa. Mit Anlauf springt sie zwischen die beiden und kuschelt sich ein. Sie will einen Kuss, und zwar zuerst einen von ihrem Papa, dann einen von ihrer Mama.

Jetzt kommt auch Michael wieder. Er steht in der Tür und fragt: »Was ist 'n das für 'ne wilde Knutscherei?« Seine Mutter winkt ihn her. Mach mit, heißt das. Übertrieben entsetzt winkt er ab und bleibt stehen.

Sie reden darüber, was sie am Wochenende unternehmen

könnten. Herr Konrad schlägt einen Ausflug vor. Seine Frau und Sabine sind sofort einverstanden, nur Michael will nicht mit.

Immer muss er Opposition spielen, ärgert sich Herr Konrad und sagt: »Dann bleibst du eben hier.« Freundlich klingt das überhaupt nicht. Frau Konrad möchte später noch mal mit Michael besprechen, ob er nicht doch mitkommen mag. Vielleicht hat der Junge nachher seine Meinung geändert, hofft sie.

Die Familie bringt die Küche in Ordnung. Nur Michael fällt aus, denn er muss noch Schularbeiten machen. Dass Sabine eigentlich ins Bett sollte, haben die Eltern vergessen.

Was will ich denn?

Ich bin der Familienknutscherei gerade noch mal entkommen. Irgendwie mag ich so was nicht. Und jetzt geht es gleich an die Schularbeiten.

Moment... erst muss ich rauskriegen, wie Marienkäfer aussehen. Rot auf schwarz? Oder schwarz auf rot? Wozu habe ich denn die schlauen Bücher? Mal nachschlagen... und da sehe ich einen Marienkäfer.

Das haut mich um. Julia hat Recht. So, wie ich mir den Käfer vorgestellt habe, gibt es ihn nicht. Das wäre eine neue Züchtung. Er ist rot und hat schwarze Punkte. Eindeutig, das lässt sich auf der Farbtafel »Heimische Käfer« gar nicht übersehen. Na ja, man kann eben nicht alles wissen, tröste ich mich.

Jetzt habe ich eine Idee. Ich hole Papier und Buntstifte und male Julia einen Marienkäfer. Morgen schenke ich ihr den.

Gerade bin ich beim linken Fühler, da kommt Mutter und sagt: »He, du malst ja.«

»Hm«, sage ich. Wahrscheinlich will sie wissen, ob das Gemälde zu den Schularbeiten gehört. Aber die Frage verkneift sie sich, weil sie ein anderes Thema interessanter findet.

Sie möchte nämlich unbedingt, dass ich beim Sonntagsfamilienausflug mitkomme. Ohne mich kann der wohl nicht stattfinden.

»Ach ne«, sage ich, »ich bleibe hier.« Eventuell habe ich am Sonntag ja was anderes vor, vielleicht mit Julia, denke ich. Außerdem sind die Sonntagsausflüge nicht immer sehr toll, eher das Gegenteil.

Mein armes Mütterchen seufzt und meint: »Schade. Wir würden uns freuen, wenn du mitkommst. Schließlich sind wir 'ne Familie.«

»Hm«, sage ich und meine Mutter geht. Also, ich war eben wirklich keine Quasselstrippe. Aber wenn ich klarmachen wollte, warum ich nicht mitkomme, müsste ich einiges erzählen. Das möchte ich zurzeit noch nicht.

Am Schluss hat es Mutter mit moralischer Erpressung probiert, sie würden sich freuen ... und wir sind eine Familie. Typisch vom Erziehungsbuch beeinflusst. Am liebsten möchte sie erzwingen, dass ich mitkomme. Aber das darf man bei Heranwachsenden in meinem Alter nicht. So was steht garantiert im Erziehungsbuch. Weil sie es doch durchsetzen will, versucht sie es mit indirektem Zwang, eben durch moralische Erpressung. Das durchschaue ich leicht, ich bin ja nicht immer trottelig.

Noch rasch den Marienkäfer vollenden, ein Prachtstück. Und jetzt sitze ich an den Schularbeiten und bin genauso weit wie heute Nachmittag.

Ach ... und ich denke schon wieder ziemlich stark zu Julia rüber. Mensch, ich war mit ihr zusammen, den halben Nachmittag. Ob ihr das so gefallen hat wie mir? Also ... ich glaube, schlecht fand sie's nicht. Das hätte ich gemerkt.

Ich mag sie. Das jubelt richtig in mir. Läuft mir Rücken rauf und Rücken runter. Kribbelt und krabbelt in mir.

Moment… warum mag ich sie denn? Ich kenne sie doch eigentlich gar nicht, na ja… ein bisschen schon, von der Schule, vom Nachhauseweg, vom Miteinanderreden. Ich gucke sie gerne an. Sehr gerne. Eindeutig. Und ich möchte sie näher kennen lernen, viel näher.

Ob ich sie liebe? Wie das klingt: Ich liebe dich, Julia. Stimmt das? Es hört sich sehr nach Roman an. Noch romaniger klingt: Ich will dich. Und es klingt viel wilder, fast zum Kichern.

Will ich sie? Und was will ich denn? Will ich mit ihr schlafen? Ist das eine irre Idee, Mensch! Könnte ich das?

Blitzschnell erscheint ein Bild in meinem Kopf. Julia mit mir, auf ihrem Sofa. So ein Playboybild.

Stopp!… Wenn ich das Bild auf meiner Leinwand schärfer einstelle, merke ich… ich sehe mich gar nicht. Und Julia ist es eigentlich auch nicht. Da liegt nur irgendjemand sehr Weibliches.

Ich will das Bild abschalten, weil es mir idiotisch vorkommt. Es passt überhaupt nicht dazu, wie es heute Nachmittag zwischen Julia und mir wirklich gewesen ist.

Mensch, meine Phantasie läuft weg und schleppt mir Bilder her.

Mal ganz realistisch … Phantasie hau ab … Mick, ich frage dich, könntest du mit Julia schlafen?

Hm… mal nachdenken… mir fallen sofort wieder Bilder dazu ein, ziemlich klamottenlose, viel Haut und so. Aber ne… ich kann mir nicht vorstellen, dass ich es fertig bringen würde, mit Julia zu schlafen. Ich glaube, ich hätte Angst.

Vor dem Ganznahsein. Vor meinem Körper. Vor ihrem Körper. Ich wär furchtbar aufgeregt. Das bin ich jetzt schon, wenn ich nur daran denke.

Obwohl... ich weiß ja, wie das alles geht, kein Problem. Bei mir wird's steifer. Bei ihr wird's feuchter. Dann schiebe ich irgendwann mein männliches Teilchen in ihr weibliches. Alles klar, im Biologiebuch steht das auf Seite 71, und zwar unter Geschlechtsverkehr. Das habe ich gelernt und kapiert. Durch die Bewegungen kommt es zu Lust und mehr Lust und zum Samenerguss. Zack.

Das liest sich ganz locker weg. Aber ich würde mich garantiert genieren, wegen meines Körpers und wie er reagiert. Auch vor dem Nacktsein mit ihr. Vor lauter Genieren würde nix passieren. Ich traue mich ja nicht mal, ihr einen Kuss zu geben.

In der alten Schule haben sie immer gekichert, wenn das Thema aufgetaucht ist. Und das war gar nicht selten. Jeder wusste jede Menge Wörter dafür, bumsen, vögeln. Wieso eigentlich vögeln? Zwitschert man dabei? Siehst du, Mick, sage ich mir, du weißt viel zu wenig.

Man sollte vielleicht ein neues Wort dafür erfinden. Eines, das man denken und sagen kann, ohne dass man kichern muss und ohne dass es einem unangenehm ist.

Ob das bei mir bald anders wird? Ich meine, diese Angst davor und das Genieren. Es ist ja sowieso alles anders geworden. Die Haare überall, die Pickel, die Stimme. Oft kann ich mich überhaupt nicht leiden, finde mich fast eklig.

Bestimmt hüpfe ich nicht ewig mit Angst vor der Schlaferei herum. Das wäre ja wohl ziemlich verklemmt, glaube ich. Aber wie und wann sich das alles ändert... keine Ahnung. Wahrscheinlich wird bis dahin noch einiges passieren. Was denn, zum Beispiel? Na ja … bestimmt muss ich mich viel mehr an mich selbst gewöhnen, so, wie ich geworden bin. Dumm ist nur, ich weiß das alles nicht genau, und fragen kann ich wohl auch niemanden.

Ans Schlafen habe ich vorhin bei Julia drüben überhaupt nicht gedacht. Da haben wir geredet und Musik gehört. Ein paar Mal hätte ich vielleicht ganz gerne ihre Hand genommen.

Langsam müsste ich an die Schularbeiten rangehen. Ne, ich merke deutlich, daraus wird im Augenblick nichts. Das liegt wohl daran, dass mir die Samenzellen ins Hirn steigen. Ist zwar ein mächtiger Umweg für sie. Aber vielleicht produziere ich zurzeit zu viel und sie wissen einfach nicht, wohin sie sonst sollen, die Spermien.

Da fällt mir ein, bei einem popeligen Samenerguss stürmen zweihundert bis dreihundert Millionen los. Wirklich, ich habe das gelesen. Man muss sich das vorstellen. Der nackte Irrsinn und ich schleppe das alles herum. Das hältst du nicht aus. Und alle Samenzellen schwänzeln, das ist ein wahnsinniges Durcheinander. Schlimmer als beim Sommerschlussverkauf.

Völlig normal, dieses Samenzellengewusele, behauptet mein Biobuch. Kein Grund zur Beunruhigung oder zum Rotwerden. Die werden halt ständig produziert, die Schwänzeltierchen, und auch immer wieder mal ausgetauscht. Sonst würde das Spermiengedrängle wohl unerträglich.

Ist ja ein angenehmes Gefühl, so ein Samenerguss. Er kann durch absichtliches Reiben erzeugt werden, erzählt das Biobuch. Das wusste ich vorher schon. Es beruhigt mich aber wirklich kolossal, dass das Biobuch auch dazu meint: alles ganz normal. Da war ich nämlich nicht so sicher.

Mensch, wenn ich mir vorstelle, ich sollte diese Horden von Samenzellen auf jemanden loslassen, auf Julia zum Beispiel. Ne… völlig undenkbar, jedenfalls im Augenblick.

Ob das für Mädchen eklig ist? Keine Ahnung, und ich komme mir mal wieder elend doof vor, denn so was möchte ich wissen und weiß es nicht.

Dann fällt mir ein: Macht mein Stiefvater das auch mit meiner Mutter? Stopp! Ich will nicht daran denken. Umschalten. Abschalten und ran an die Schularbeiten!

Augenblick, vorher gucke ich mir den Marienkäfer für Julia-Esther-Indikativ noch mal an. Schön ist er geworden. Ich lege ihn auf meine Hand und puste dagegen. Bewegt er die Flügel? Ja … ein bisschen … oder? Wenn er jetzt losfliegen könnte, ab über die Straße und zu Julia ins Zimmer. Am liebsten würde ich mitfliegen.

Beeilung, Mick! Die Schularbeiten sollen fertig werden. Es ist gleich neun Uhr. Schon gut, ich fange ja an. Zum Glück haben wir heute nicht viel auf. In Geschichte muss ich fünf Seiten durchlesen. Ich will nur rasch die Zusammenhänge kapieren. Es geht um die Entstehung des Reiches. Ein paar Jahreszahlen merke ich mir noch, falls ich morgen danach gefragt werde.

Danach ist Mathe dran. Das dauert etwas länger und ich gähne immer wieder und ziemlich laut. Aber schließlich habe ich auch das geschafft. Noch schnell die Schultasche gepackt. Was bin ich für ein flinkes Kerlchen.

Ich sehe mich in meinem Zimmer um. Eigentlich habe ich

mich schon richtig daran gewöhnt. Plötzlich fällt mir Teddy ins Auge und mit dem will ich unbedingt reden.

»Bär«, sage ich und setze mich neben ihn auf das Bett. »Wir müssen Schluss miteinander machen. Klar, du bist nett. Aber weißt du, ich glaube nämlich, ich habe eine Freundin … na ja, fast und vielleicht.

Bär, guck mich nicht so an. Das passiert halt und irgendwann muss dann Schluss sein mit den Schmusetieren. Wir passen nicht mehr so toll zueinander wie früher. Du verstehst ja auch gar nichts von Hormonaufständen und solchen Sachen. Bist nur ein blöder, lieber, brauner, alter Schmuseteddy … He, wenn du weiter traurig guckst, drehe ich dich um. Klar, das ist ziemlich hart für dich, schließlich waren wir zwölf Jahre zusammen. Das sehe ich ein, brauchst du gar nicht zu sagen.

Du, Bär, ich hab eine Idee: Wir machen eine Probetrennung. Du schläfst erst mal nicht mehr bei mir im Bett, musst du verstehen. Dafür bekommst du ein eigenes Bett. Das baue ich dir aus einem Schuhkarton, gemütlich wird das. Den Karton polstere ich gut. Hier ist er. Unten kommt Zeitungspapier rein. Darauf kannst du liegen und als Zudecke besorge ich dir ein Kopfkissen von Bines Puppenwagen. Moment, ich hol's.

So … da habe ich's. Bine schläft schon, Teddy. Du schläfst auch gleich, und zwar im Schuhkarton unter meinem Bett, ganz tief unten. Mal schauen, ob wir die Probetrennung schaffen, ja? Du musst nicht eifersüchtig sein, Bär. Ich mag dich, aber eben anders als Julia. Du bist mehr ein bärenstarker Kumpel. Was sie ist? … Na ja … ich weiß noch nicht.

Ich schieb dich jetzt unters Bett. Hoffentlich ist es dir da nicht zu dunkel. Schlaf gut, Bär. Wirklich, es muss sein. Na ja… und weißt du, wenn wir beide das mit der Probetrennung nicht hinkriegen, dann hole ich dich wieder in mein Bett. Okay?«

Eine ganz normale Familie.
Dreizehnter Bericht.

Es ist zehn Uhr vormittags. Im Augenblick sitzt Herr Konrad hinter seinem Verlagsschreibtisch. Er korrigiert Texte für die Taschenbuchausgabe eines Lexikons und er hofft, dass ihn der pingelige Kollege heute möglichst nicht stört.

Genau zur gleichen Zeit sitzt Michael in seiner Klasse und tut so, als wäre er mit Geschichte beschäftigt. In Wirklichkeit denkt er an Esther zwei Tische vor sich.

Einige Straßen weiter und in einer anderen Schule ärgert sich Sabine. Sie möchte endlich von der Lehrerin aufgerufen werden. Schließlich meldet sie sich schon ewig und schnipst jetzt ungeduldig mit den Fingern. Langsam tut ihr der Arm weh.

Während das alles passiert, klappt Frau Konrad im Wohnzimmer die Stellenanzeigen der Zeitung zu. Wieder wurden nur eine Barfrau und eine Putzhilfe gesucht. Frau Konrad denkt: Vielleicht fällt die Entscheidung »arbeiten oder nicht arbeiten« ganz einfach dadurch, dass ich nichts finde. Immerhin hat sie mit den Kindern und dem Haushalt ja auch so einiges zu tun.

Michael geht ihr wieder durch den Kopf, als sie an die Kinder denkt. Ist der überhaupt noch ein Kind? Manchmal kommt er ihr deutlich älter geworden vor.

Spät am Abend kam Michael gestern ins Wohnzimmer. Frau Konrad hatte das Gefühl, er wollte etwas erzählen. Aber dann blieb er ruhig. Ob der Junge Sorgen hat?

Frau Konrad nimmt das Einkaufsnetz, da klingelt das Telefon. Ihr ehemaliger Mann ist dran. Er möchte im Sommer mit den Kindern in den Urlaub fahren. Frau Konrad sagt nicht gleich zu. Sie wird sich das überlegen und mit den Kindern und ihrem Mann besprechen.

Als sie den Hörer auflegt, fällt ihr ein, die Kinder kommen immer so verändert zurück, wenn sie bei ihrem Vater waren. Zu Hause passt ihnen dann nichts mehr. Bei Papa durften wir das. Und das hat er auch erlaubt, heißt es ständig.

Eigentlich will sie nicht, dass die Kinder längere Zeit bei ihm bleiben. Aber verhindern möchte sie den Kontakt genauso wenig. Schließlich sind das auch seine Kinder und er hat sie gern.

Endlich geht Frau Konrad los. Sie ist ziemlich sicher, auch heute keine Stelle zu finden. In drei Buchhandlungen unterhält sie sich mit zwei Chefs und einer Chefin. Dreimal hintereinander hört sie: »Wir haben nichts für Sie. Leider.« In der vierten Buchhandlung sagt man ihr das Gleiche. Aber dann meint die Buchhändlerin, dass im Laden nebenan eine Mitarbeiterin gekündigt hat. Geschenkartikel gibt es da. Gläser, Bilder, Lampen, Vasen und allen möglichen Krimskrams.

Frau Konrad sieht sich den Laden an und unterhält sich einige Zeit mit dem Besitzer. Sie sagt ihm, was sie früher gemacht hat, und er sagt ihr, was sie hier tun müsste.

Leider braucht er keine Halbtagskraft, sondern jemanden, der etwa zehn Stunden in der Woche im Laden arbeitet. »Das wären 390,– DM pro Monat«, sagt er. Und er will vorher wissen, ob Frau Konrad mit Kunden umgehen kann. Sie müsste einige Tage umsonst zur Probe bei ihm arbeiten.

Das gefällt ihr gar nicht und der Job ist nicht das, was sie wollte. Außerdem kommt ihr die Bezahlung niedrig vor. Und ob sie mit dem Mann zurechtkommen wird, ist auch nicht sicher. Aber immerhin, die Stelle wäre besser als keine. »Ich überleg es mir bis heute Abend und rufe an«, sagt Frau Konrad. Der Mann ist einverstanden.

Gleich darauf steht Frau Konrad vor dem Schaufenster. In diesem Laden gäbe es also Arbeit für sie. Sie kann das noch gar nicht richtig begreifen. Als sie zu einer Telefonzelle kommt, ruft sie ihren Mann im Verlag an und erzählt ihm das. Der freut sich, weil er meint, sie freut sich. Aber eigentlich spürt sie gar nichts Freudiges. Und auch nach dem Gespräch weiß sie nicht, ob sie die Stelle wirklich annehmen möchte.

Sie geht nach Hause in die völlig eingeräumte und aufgeräumte Wohnung. Ihr Mann ist im Verlag, die Kinder sind in der Schule. Frau Konrad sitzt in der Küche und langsam wird ihr klar, sie wird nachher im Laden anrufen und zusagen. Immerhin, die Stelle ist ein Anfang, denkt sie. Vielleicht finde ich bald etwas Besseres.

Romeo und Julia

Als ich heute in die Klasse komme, lacht keiner mehr. Mein Nachbar Tom, der Großformatfrosch, quakt sogar laut zur Begrüßung. Den Jungen kann man wirklich nicht überhören.

Irgendjemand gähnt. Ein paar Leute hängen müde auf den Stühlen und holen Nachtruhe nach. Andere beugen sich sehr eifrig über Schulhefte und schreiben wie die Teufel.

Wann lässt sich Julia endlich blicken? Ich warte, aber Pustekuchen, sie kommt nicht.

Während sich die Klasse mehr und mehr mit Schülern füllt, sind Tom und sein Taschenmesser wieder irre fleißig. Die beiden schnitzen ausdauernd am Tisch herum. Diesmal probieren sie Herzchen.

Claudia, der Löwenkopf vor mir, trudelt auch ein. Sie schmeißt die Tasche auf den Tisch und lächelt mir kurz und huldvoll zu. Roland, ihr Nachbar, redet kein Wort mit ihr, dabei sind sie bis vor kurzem miteinander gegangen. Die beiden hocken nebeneinander wie meine Häuptlinge zu Hause nach einem Krach.

Fast die ganze Besatzung hat sich versammelt, nur Julia fehlt. Und sie fehlt mir wirklich. Viel Zeit hat sie nicht mehr, denn nach dem üblichen Fahrplan müsste der Lehrkörper bald erscheinen.

Ich hole das Bild aus der Tasche. Roter Käfer. Schwarze Punkte. In dem Augenblick kommt Julia in die Klasse. Guckt sie zu mir? Ne... hat sie nicht getan. Schade. Aber ich habe zu ihr geguckt und meine Optik freut sich.

Was hat sie heute an? Ach... wieder ein blaues T-Shirt und die verwaschenen, gebleichten Jeans.

Zum Glück verbaut mir der Löwenkopf die Aussicht nicht völlig. Und ich sehe, die Stelle mit den weichen Haaren an Julias Hals gibt's immer noch. Auch die kleine Silberkette und ihre braune Haut habe ich nicht geträumt.

Wenn ich Julia ansehe, weckt mich das richtig. Schon läuft mein Motor auf vollen Touren. Bremsen! Mick! Die Misthormone drehen wieder durch. Cool bleiben, Junge, wir sind hier im Klassenzimmer.

Der Lehrer erscheint. Dabei wollte ich Julia noch schnell den Marienkäfer geben.

Herr Haun steht vorne, der zuständige Mensch für Biologie. Der Mann ist ein langes Elend und ein ziemlicher Langweiler. Oben, irgendwo zwischen den Wolken im Klassenzimmer, steckt sein Kopf. Der redet eintönig und aus großer Höhe Biologisches auf uns herab.

Das einzig Aufregende an Herrn Haun ist sein Mundgeruch. Übel. Sehr übel. Bestimmt hat er irgendwas mit dem Magen. Oder er putzt die Zähne nie und kaut dafür jeden Morgen Knoblauch.

Sie haben ihm mal ein Fläschchen Odol zum Gurgeln auf den Tisch gestellt. Aber er hat es wohl nicht benutzt. Wenn er dich anspricht, kippst du fast um. Zum Glück küsst er mich nicht.

Auch sein Unterricht ist nicht jedermanns Sache. Er erklärt so genau, dass es der Langsamste in der Klasse zweimal kapiert. Sicher, das ist sehr sozial, aber leider tödlich langweilig. Deswegen hören die meisten nur halb zu. Trotzdem wäre so ein Gemotze wie bei der Schlutbolm bei ihm nicht drin. Sie haben wohl Angst, er könnte sie zur Strafe anpusten.

Er berichtet uns von Fremdbestäubung. Prompt kichert jemand. Von Staubbeuteln, Staubblättern und Stempeln verkündet er einiges. Was er da erzählt, habe ich in meiner alten Schule schon gehört. In so einem Fall drehe ich den Empfang auf leise, schalte das äußere Programm ziemlich ab und mein inneres an.

Als Schüler brauchst du solche Umschaltmöglichkeiten. Ich tue ja auch was Biologisches, denn ich lege den Marienkäfer zurecht. Der Frosch kriegt pralle Augen und zeigt mit seinem Messer darauf. Was hat er denn? Fressen Frösche Käfer?

Ne … das war wohl nur eine plötzliche Aufwallung von ihm. Ich bin richtig beruhigt, als er sich wieder voller Lust über seine Schnitzereien hermacht.

Ich möchte was für Julia unter den Käfer schreiben. Soll ich? Oder soll ich nicht? Doch, ich soll und ich schreibe: Hast du am Sonntag Zeit?

Das wäre schön, wenn Julia Zeit hätte. Jetzt falte ich den Zettel mit Käfer und Zeile und schreibe »für Julia« darauf. Schnell die Löwin angestupst und geweckt. Gleich geht die Post ab.

Claudia dreht sich um und lächelt. Mensch, hat die scharfe Zähne. Heimlich gebe ich ihr den Zettel. Ein prima Postsystem ist das. Aber da merke ich, dass ich mit der Adresse einen kolossalen Fehler gemacht habe, denn Claudia fragt: »Wer ist Julia?«

Der Lehrermensch ganz oben guckt kurz. Er fühlt sich wohl gestört und redet dann doch weiter, während ich auf Esther zeige. »Julia?!«, fragt der Löwenkopf und kichert.

Oh … ich Trottel. Was geht die anderen mein Name für Esther an? Plötzlich hüpft der Frosch näher zu mir. Er hat wohl von der Schnitzerei genug. Also, der Bursche ist unberechenbar und er kriegt mehr mit, als man sich vorstellt. So halblaut sagt er: »Julia?« Dann denkt er nach und meint: »Also echt, ich glaub, die haben was miteinander.«

Mensch, der kombiniert ätzend scharf. Dazu zeigt er mit dem Messer zu mir und zu Esther: »Ist ja 'n Ding!«, sagt er. »Der Junge geht ran wie Moppel.«

»Wer ist Moppel?«, frage ich.

»Bestimmt auch so ein unheimlicher Typ wie du«, sagt er und kichert noch etwas. Sehr zufrieden sieht der Frosch jetzt aus, als hätte er einen dicken Brummer geschnappt.

Die anderen um mich herum haben irgendwas mitbekommen. Auf solche Dinge sind ja auch alle scharf. Praktische Biologie ist das. Es wird gekichert. »Pst«, macht Herr Haun und erzählt weiter von Blütenpollen.

Julia faltet den Zettel auf, guckt und liest. Das sehe ich gut von hier. Aber jetzt bleibt sie so sitzen und reagiert gar nicht. Mist! Ich bin nämlich wirklich nicht stark im Warten und möchte gleich wissen, was los ist. Hat sie nun am Sonntag Zeit und Lust oder hat sie keine?

Ungefähr nach einer Dreiviertelstunde verschwindet der Haun mit Mundgeruch und Staubbeuteln aus dem Klassenraum. Aber auch in der Pause gibt's keine Reaktion von Julia.

Frosch murmelt mit dem Löwenkopf. Ich höre von Romeo und Julia, dann lachen sie und gucken mich an. Als Nächstes schnitzt Frosch ein R in eines der leeren Herzen auf unserem Tisch. Das soll bestimmt die Galerie der Liebespaare hier in der Klasse werden. Gleich schnitzt er sicher ein J neben das R. So sorge ich dafür, dass der Junge Arbeit hat.

Herr Brauer kommt und bringt einen Aufsatz mit, den sie geschrieben haben, als ich noch in der anderen Schule war. Ich werfe einen langen Blick zu Julia. Den muss sie einfach auf ihrem Rücken spüren. Oder hat sie da eine Hornhaut?

Also, falls das Biobuch nicht spinnt, wird sie sagen, dass wir uns treffen. Im Buch steht nämlich: Mädchen und Jungen versuchen sich möglichst oft zu sehen … wenn sie sich gerne haben.

Vielleicht ist das der Haken. Ich habe sie gerne. Und gestern habe ich gedacht, sie hätte mich auch gerne. Ich war ziemlich sicher. Aber so sicher bin ich auf keinen Fall mehr, denn sie guckt nicht. Sie reagiert nicht. Mensch, Julia, dreh dich mal um. Ganz kurz.

Wieso denke ich eigentlich, wir wären so gut wie befreundet? Schließlich haben wir uns nur unterhalten. Sonst nichts.

Die ganze Stunde, fünfundvierzig Minuten lang, reagiert sie nicht. Immer der gleiche Film: Julia von hinten. Das Leben ist dämlich.

In der Pause fragt Frosch, ob ich mit Fußball spiele. Ich will zwar nicht, aber er vergewaltigt mich fast. Und irgendwie muss ich mich ablenken.

Der Frosch hüpft gewaltig im Tor herum. Er hält fast jeden Ball. Trotzdem finde ich das alles doof und zum Jammern. Wir spielen hier und Julia steht am anderen Ende des Pausenhofs und redet mit zwei Mädchen. So was Blödes.

Nächste Stunde Schlutbolm, die Katastrophe mit Piepsstimme. Aus Mitleid melde ich mich zweimal. Die Frau kommt mir völlig verwirrt vor, als sie meinen Finger sieht. Es ist ja auch eine irre Beteiligung für sie, wenn sich mal einer meldet. Danach quält sie sich weiter alleine über die Runden. Jede Minute ist ein Hindernis für sie und die Hindernisse werden immer höher. Sie piepst schon wie ein Vogel kurz vor dem Ableben.

Frosch döst zur Abwechslung. Das Schnitzwerkzeug liegt griffbereit neben seinem Heft. Als er kurz aufwacht, sagt er zu mir: »Na, Romeo.« Jetzt zankt sich die Löwin laut mit ihrem Nachbarn und ich warte auf Antwort von Julia.

Auch die Stunde geht vorbei, ohne dass ich Post bekomme. Ich bin immer sicherer, Julia hat mich gestern doof gefunden. Und ich Knalltüte habe das überhaupt nicht gemerkt. Das muss so gewesen sein, sonst wäre ich heute nicht nur Luft für sie.

Die Warterei ist ein Tiefschlag für mein Selbstbewusstsein. Völlig abhängig fühle ich mich schon. Idiotisch.

Beim Englischunterricht zwinge ich mich zum Zuhören. Die Frau da vorne mit der enormen englischen Zunge heißt Kordecki. Den Namen schreibt man völlig anders, als man ihn spricht. Wirklich ein unmöglicher Name, aber ein guter Unterricht.

Frau Kordecki erzählt auch mal was von sich, von ihrer

Tochter, von ihrem Mann und immer schön in Englisch. Das versteht mein Dolmetscher im Hirn alles ohne Probleme.

Die zwei Englischstunden könnten gut sein, wenn sich die trübe Julia rühren würde. Ihr eiskalt schweigender Rücken ist eine Provokation. Kein Wort rede ich mehr mit ihr. Und ich Blödmann male ein Bild für sie, glatte Energieverschwendung. Außerdem haben die Leute hier keine Ahnung, sie murmeln weiter was von Romeo und Julia.

Tja … der Unterricht ist gelaufen und ich kann einpacken. Der Frosch steckt sein Messer weg. Überflüssigerweise hat er lauter R's und J's geschnitzt. Zum Abschied quakt er hinter mir her und ich ziehe ab.

War das ein Vormittag, völlig hirnrissig. Julia gucke ich nicht mehr an, das Ganze ist gestorben.

Eigentlich haben wir einen gemeinsamen Schulweg, sie und ich. Trotzdem warte ich nicht und trabe stur los. Dabei hoffe ich nur ein kleines bisschen, dass sie plötzlich neben mir auftaucht. Damit sie überhaupt eine Chance dazu hat, gehe ich langsam, aber auch nicht zu langsam, sonst denkt sie noch, ich warte auf sie.

Ist das ein blödes Spiel. Ob ich doch einfach stehen bleibe? Ne … das tue ich nicht.

Da fällt mir ein … gestern hat Julia gesagt: Komm mal wieder. Das sagt man eigentlich nur, wenn man einen leiden kann. Der Gedanke ist eine echte Hoffnung und erhellt meinen Horizont.

Ich drehe mich ein kleines Stückchen um. Mensch, ich flippe aus und breche zusammen! Julia kommt und sie rennt wie ein Turbo. »He!«, ruft sie. »Mick!«

»Ja«, sage ich und stehe, während sie neben mir bremst.

Natürlich erzähle ich kein Wort darüber, dass ich mir fast einen Bruch ins Selbstbewusstsein gewartet hätte.

Sie erzählt: »Ist schön, dein Käferbild. Wollte ich dir gleich sagen. Aber sie quatschen schon über uns, deswegen habe ich heute einen weiten Bogen um dich gemacht, wie die Katze um den heißen Brei«, kichert sie.

»Vorhin haben sie Romeo zu mir gesagt. Jetzt bin ich heißer Brei«, sage ich. »Und was ist mit Sonntag?«, hänge ich gleich dahinter.

»Ich würde gern kommen«, sagt Julia. »Aber ich weiß noch nicht, ob's klappt. Meine Eltern wollen mit mir wegfahren. Vielleicht kann ich's ihnen ausreden.«

Wir zockeln los. »Du, Romeo«, sagt sie, »ich hab keine Lust nach Hause zu gehen.«

»Ich auch nicht, Julia«, sage ich. Deswegen gehen wir an der nächsten Kreuzung nicht geradeaus, sondern links um die Ecke, Umwege machen.

Wir kommen durch Geschäftsstraßen. Langweilige Schaufenster gibt es hier, Autos, Ampeln, Leute massenweise und Häuser. Aber vor allem gibt es uns, und zwar nebeneinander.

Beim Gehen gucke ich kurz nach rechts, schnappe mir einen Blick von Julia. Sie blickt zurück, zieht die Brauen hoch und macht Riesenaugen. Leuchtaugen. Damit schließt sie mich toten Schüler an ihren Strom an.

Wir reden gar nichts. Gucken uns ins Gesicht, gucken weg und hin und her. Von ihr zu mir und mir zu ihr. Gleich werde ich rot, das schaffe ich … wie ein Baby. Und schon ist es passiert. Blöde.

Plötzlich mache ich eine Entdeckung an Julia: Sie hat

manchmal so eine kleine Falte über der Nase und steil nach oben. Zu der Entdeckung klickert es aus einer Spielhalle. Dann höre ich Musik, die wird lauter und ist live. Wir gehen darauf zu.

Vor einem Schaufenster mit fein angezogenen Modepuppen stehen Leute im Halbkreis. Und aus dem Halbkreis kommt die Musik. Wir stellen uns dazu, Julia und ich.

Die Musik klingt gut. Eine junge Frau spielt Gitarre und Mundharmonika. Das Instrument wird von einem Gestell vor ihrem Mund gehalten, wie eine etwas seltsame Riesenzahnklammer sieht es aus. Mit dem Ding hat sie die Hände zum Gitarrespielen frei.

Neben ihr und mit ihr spielt ein Mann Gitarre. Die Gesichter der beiden sehen toll aus. Jeder hat eine Gesichtshälfte weiß geschminkt, traurig und starr wirkt das. Dafür lacht die andere Gesichtshälfte durch zwei rote Schminkstriche am Mund und am Auge.

Ich denke gar nicht ans Weitergehen, Julia auch nicht. Die Leute drängen uns aneinander, nett von ihnen. Na ja, eigentlich ist es die Musik, die uns aneinander drängt.

Immer mehr bleiben stehen. Dabei sahen die meisten vorher aus, als würden sie gleich rufen: Keine Zeit! Keine Zeit!

Die Modepuppen im Schaufenster dahinter fallen mir wieder auf. Ich sage zu Julia: »Gleich fangen sie an zu tanzen.« Sie lacht und ich lache.

Ne, die Puppen tanzen nicht. Dafür macht Julia zwischen all den Leuten im Stehen ein paar Tanzschritte zum Gitarrenrhythmus.

Die Musiker erzählen sich etwas mit ihren Instrumenten. Das höre ich ganz deutlich. Die Frau läuft weg… in Tönen, der Mann hinterher. Sie nicken sich zu. Jetzt schmusen sie und gucken sich an. Lachend. Weinend.

Ihre Mundharmonika klingt ziemlich weit weg und leise. Sie zieht die Töne. Ich kann gar nicht weghören, so gut gefällt mir das.

Oh … schade, das Lied ist zu Ende. Einige klatschen, wir auch. »Selbst gemachte Musik«, sagt Julia. »Mag ich.«

Ein paar Leute werfen Geld in den Hut der Musiker. Ich hole zwanzig Pfennig aus der Tasche, Julia hat dreißig in der Hand. Ich lege meine Groschen zu ihren und sie legt sie in den Hut. Wir bleiben und hören. Gehören dazu und die beiden fangen ein neues Lied an. Ich möchte Julia berühren, nicht unabsichtlich, nein, ganz und gar absichtlich. Eine richtige Anfassmusik ist das. So was gibt's. Eigentlich wusste ich das schon immer, nur nicht so genau wie heute.

Sehr dicht stehen wir beieinander. »Richtig schön«, sagt mir Julia ins Ohr. Was meint sie? Das Beieinandersein oder die Musik? Oder beides?

Jetzt singt der Mann. Und da bekommt meine Hand vom Gehirn einen Befehl. Los! Julias Hand nehmen! Das kam ganz schnell. Es wäre eine glatte Befehlsverweigerung, wenn ich nicht gehorchen würde. Ich will's tun, ziehe aber meine Hand im letzten Augenblick zurück.

Doof ist das! Dabei möchte ich sie unbedingt anfassen, so sehr, dass ich die Musik kaum mehr höre. Mein Herz pocht nämlich lauter. Hoffentlich merkt das niemand.

Plötzlich zucke ich zusammen, denn da fasst jemand nach meiner Hand.

Mensch, das ist Julia. Sie hat ihre Hand in meine gelegt. Das halte ich nicht aus. Die halte ich fest.

Ich werde verrückt, Julia fasst mich an. Zuerst liegt meine angefasste Hand ganz still, spürt ihre. Dann drücke ich meine Finger gegen ihre Finger. Das geht mir warm rauf und runter. Wie ein Kraftwerk fühle ich mich.

Ich lege zwei Finger um zwei von ihren Fingern, drücke sie. Und die Musik klingt streichelig und weich. Ich gucke gar nicht mehr, spüre nur noch.

Das Stück ist zu Ende. Schade, meinetwegen hätten sie den halben Tag so spielen können. Wir klatschen nicht mit, denn unsere Hände sind sehr beschäftigt. Meine Finger werden in Julias Hand gerade zu Streichelfingern verzaubert.

Geld klimpert in den Hut, Leute gehen und wir bleiben. So gut war's in der Stadt noch nie, so spannend und leicht. Zum Wegfliegen, Abzischen und laut Singen. Nein … falsch, ich will nicht wegfliegen. Ich will hier bleiben.

Leider spielen die beiden jetzt nicht mehr weiter und langsam löst sich der Halbkreis vor dem Schaufenster auf. Nur noch wenige warten kurz und wollen sehen, ob noch was zu hören ist, genau wie wir.

Hand in Hand stehen wir. Die Schultasche in der anderen Hand habe ich gar nicht gemerkt. Dann gehen auch Julia und ich und lassen uns nicht los. »Muss toll sein, so eine Musik zu machen«, sagt Julia. Ich nicke und denke an die Gitarre, die ich mir wünsche.

Unsere Hände bleiben beieinander, die ganze Straße hinunter. Da fällt mir ein: Ich habe eine Freundin. Logisch, schließlich gehen wir Hand in Hand. Mann, ich kann das gar nicht richtig glauben. Vor ein paar Tagen war das für mich eine Stadt voll scheintoter Leute, jetzt ist alles sehr lebendig.

Ich drücke Julias Hand ziemlich fest. »Ist was?«, fragt sie, guckt unter ihren dunkelbraunen Strubbelhaaren vor und mich an. Eine Strähne hängt über ihrem linken Auge, die pustet sie weg. »Ne, es ist nichts«, sage ich. »Oder doch. Ach, weiß nicht.« Das klingt ein bisschen dämlich, macht aber kaum etwas.

Wir gehen sehr langsam, bis Julia sagt: »Jetzt komm ich fast eine Stunde zu spät nach Hause.«

»Ich auch«, sage ich und weiß, dass das meiner Mutter nicht passt. Ihrer wohl genauso wenig, denn wir werden wie auf Kommando schneller. Als wir in der Nähe der Gaußstraße ankommen, lassen wir unsere Hände los.

Da vorne ist ihr Laden. »Tschüss«, sagt sie und ich sage dasselbe. »Ich komme am Sonntag garantiert, wenn's irgendwie klappt«, sagt sie auch noch und guckt mir ins Gesicht.

Julia, guck nicht so, sonst fasse ich dich gleich wieder an. Ihr Blick geht mir vom Bauch über den Kopf und mit Umwegen zurück bis in die Füße. Überallhin.

Ich spüre Julia mitten auf dem Gehweg, obwohl ich sie nicht berühre. Tolles Gefühl. Jaja, ich weiß, es passiert irgendwas mit Hormonen, Millionen Schwänzeltierchen sind unterwegs. Egal.

Julia verschwindet im Laden und ich stehe da und sehe ihr nach. Das Biobuch hat Recht. Es sagt: Wenn Mädchen und Jungen sich mögen, treffen sie sich möglichst oft. Das klingt zwar etwas doof, aber wahrscheinlich stimmt es trotzdem. Jedenfalls habe ich klar den Eindruck.

Eine ganz normale Familie.
Vierzehnter Bericht.

Frau Konrad staunt über ihren Sohn. Schon den halben Nachmittag probiert er Hemden und Hosen an, spielt Modenschau. Der Junge wird eitel, denkt sie. Seltsam, so kennt sie ihn gar nicht.

Herr Konrad klingelt heute wie wild, als er nach Hause kommt. Seine Frau öffnet die Tür und er ruft durch das Treppenhaus nach oben, dass sie ihm beim Tragen helfen soll. Sie läuft hinunter und steht staunend vor dem roten Golf, auf dessen Dachgepäckträger ihr Mann einen Schaukelstuhl festgebunden hat. Ein schönes Stück aus hellem Holz und mit dunkelbraunen Polstern.

Seit Tagen sieht Herr Konrad den Stuhl im Schaufenster und jetzt hat er ihn endlich gekauft. Er freut sich darüber und seine Frau freut sich mit.

Sie schleppen das Prachtstück nach oben. An der Wohnungstür werden sie von Sabine und Michael empfangen. »Ist der Schaukelstuhl für mich?«, fragt Sabine. Herr Konrad protestiert. Nein, der Schaukelstuhl soll für ihn sein, denn er will endlich einen Stammplatz haben.

Ob das allerdings wirklich sein Stammplatz wird, ist noch gar nicht entschieden. Sabine besetzt ihn nämlich sofort. Sie hopst darauf herum und meint, dass das auf alle Fälle ein Zweimannsessel ist.

»Stammplatz! So was Blödes!«, schimpft Michael und Herr Konrad sieht ihn böse an. Michael findet reservierte Plätze einfach albern. So was gab es nie in der Familie, bevor sein Stiefvater kam.

Den ganzen Tag war Michael fröhlich, fällt Frau Konrad auf. Erst seit ihr Mann zu Hause ist, ärgert sich ihr Sohn. Sicher, der Sessel passt ihm nicht. Aber natürlich geht es um mehr als den Sessel.

Die schlechte Laune breitet sich aus. Michael zieht ein Gesicht, als würde ihm gar nichts passen. Herrn Konrads Gesicht wirkt kaum anders. Und als Frau Konrad fragt, ob ihr jemand helfen möchte, das Abendessen vorzubereiten, rührt sich niemand. Jetzt ist die schlechte Laune auch bei ihr angekommen.

Sie weiß, sie hätte nicht fragen sollen, ob jemand hilft. Verlangen hätte sie es müssen. Aber sie hofft einfach auf Freiwilligkeit. Ab morgen muss das mit dem Helfen ganz anders werden, da ist ihr erster Arbeitstag. Dann kann und will sie den Haushalt nicht mehr alleine erledigen.

Jetzt ruft auch noch Herr Brettschneider an. Er möchte wissen, ob er nun mit den Kindern Urlaub machen wird oder nicht. Frau Konrad hat das noch nicht besprochen. Sie will es gleich tun und sich dann melden.

Der Anruf hat Herrn Konrad gerade gefehlt. Ständig drängt sich dieser Ehemalige zwischen ihn, seine Frau und die Kinder, denkt er.

Sabine ist von der Urlaubsidee begeistert, Michael nicht. Er möchte sich auf keinen Fall festlegen, weil er hofft, dass Julia in den Ferien auch zu Hause bleibt. Also wird wohl nur Sabine einen Teil der Ferien bei ihrem Vater sein. Das will Frau Konrad ihm nachher sagen. Außerdem sollte sie mit ihm über die Unterhaltszahlungen für die Kinder sprechen. Seit Jahren müssten die erhöht werden. Aber das vergisst der Ehemalige zu gerne und ihr sind diese Gespräche unangenehm.

Der neue Sessel steht in der Nähe des Fernsehapparates und sieht fremd aus. Herr Konrad sitzt schlecht gelaunt darin, der Sesselrücken zeigt zur Tür. Schlecht gelaunt helfen die Kinder in der Küche ihrer schlecht gelaunten Mutter bei der Vorbereitung des Abendessens.

Plötzlich macht Sabine »pst« und winkt ihrem Bruder. Neugierig kommt er hinter ihr her. An der Wohnzimmertür zeigt sie zum Sessel mit Herrn Konrad und flüstert Michael »überfallen« zu.

Sofort schleicht sie sich auf den Knien an. Erst will ihr Bruder nicht mitmachen, dann schleicht auch er. Frau Konrad sieht gespannt zu.

Immer näher kommen die Kinder dem Sesselrücken. Herr Konrad merkt davon nichts. Sein rechter Arm hängt über der Sessellehne und Sabine zeigt mit dem Finger darauf. Langsam schiebt sie sich noch ein Stück näher und stupst gegen Herrn Konrads Hand. Überrascht guckt er nach unten und sieht die Kinder auf dem Teppich.

Im nächsten Augenblick springt Sabine neben ihn in den Sessel, während Michael etwas unschlüssig aufsteht. Herr Konrad wehrt sich, packt Sabine und trägt sie zum Sofa. »Der Sessel ist mein Platz«, sagt er.

Da rennt Frau Konrad los, besetzt den Sessel. In dem Moment besetzt auch Michael ihn. Sie sitzen fast übereinander, Michael und seine Mutter. »So 'ne Gemeinheit!«, schimpft Sabine lachend. »Genau!«, sagt Herr Konrad. Das Spiel um den Stammplatz hat er verloren, ganz klar.

Es ist, als hätte es einen Riss durch die schlechte Familienlaune gegeben. Vor allem Frau Konrad fällt das auf. Ihre Kinder und ihr Mann kommen ihr sehr nah vor. Na ja, Michael ist ihr im Augenblick fast zu nah. Er sitzt nämlich immer noch auf ihr, lacht und schreit: »Der Platz gehört mir!«

»Ne, mir!«, ruft Sabine. Und Herr Konrad ruft lachend: »So eine verdammte Bande.«

Wollen wir davonlaufen?

Die Familie tobt in typischer Aufbruchstimmung durch die Wohnung. Endlich sucht meine Mutter auch mal wieder ihre Brille und ich dachte schon, sie hätte das verlernt. Das wäre wirklich jammerschade, wo wir uns alle so an die Sucherei gewöhnt haben. »Ich find sie nicht«, ruft der Stiefvater von irgendwoher.

Na, ich halte mich da raus, denn ich habe mit dem Aufbruch nichts zu tun. Für mich gibt es hier ein anderes Programm, mein eigenes. Das Juliaprogramm.

Ich liege auf dem Sofa, decke mich mit Musik zu und denke hin und her. Draußen, weit weg, hat meine Mutter ihre Brille gefunden. Unüberhörbar verkündet das Bine durch alle Wände.

Wann düsen diese Chaotiker endlich ab? Ich möchte gerne allein sein. Das war eine gute Woche, diese Woche. Es soll auch ein guter Sonntag werden. Jeden Tag sind wir zusammen gewesen, Julia und ich. Vor der Schule Julia … in der Schule Julia … nach der Schule Julia.

Sicher, irgendwie klingt das eintönig. So war es aber nicht, im Gegenteil. Es war streichelig. Und ich liege hier, denke daran und bin voller Juliaideen. Ich will sie treffen, hoffentlich kommt nichts dazwischen.

Meistens bin ich in der letzten Woche mittags spät zu Hause gewesen. Grund: mit Julia Umwege gemacht. Mein altes Mütterchen hat nur einmal über das Zuspätkommen gemeckert. Vielleicht weiß sie aus dem Erziehungsbuch, dass man mit Menschen in meinem Alter nachsichtig sein muss. Außerdem war meine Mutter sehr mit dem Laden und ihrer Arbeit beschäftigt. Wahrscheinlich hat sie deswegen gar nicht so richtig überlegt, warum ich immer wieder auf mich warten lasse.

Ich sollte überhaupt mal fragen, wie es bei ihr so läuft. Der Laden lenkt sie jedenfalls mächtig ab und ich glaube, sie braucht Ablenkung.

Warum rast die Restfamilie da draußen immer noch herum? Bestimmt suchen sie wieder irgendwas. Vielleicht den Schirm. Die gehen nicht einfach los, ne … vorher müssen sie hunderttausend Sachen einpacken. Es könnte ja kalt werden. Oder regnen. Oder heiß werden. Das alles weiß man nie so genau. Also … es nervt mich, obwohl ich gar nicht dabei bin.

Jetzt trampelt Bine herein und fragt: »Wieso kommst du nicht mit?«

»Ich mag nicht«, sage ich und schon zieht sie ab. Die Tür lässt sie meilenweit offen. Na gut, ich stehe auf und mache sie zu. Das will ich jedenfalls, da stehen meine zwei Stück Häuptlinge im Flur und mir gegenüber. Mächtig ausgerüstet wirken sie, mindestens für eine mittlere Expedition. »Was hast du denn vor?«, fragt Mutter.

»Bisschen rausgehen«, sage ich.

»Mach das«, sagt sie. »Das Wetter ist prima.«

Jetzt sind sie weg. Einen Augenblick spüre ich richtig,

höre es und fühle es, wie leer es in der Wohnung ist. Ich drehe die Musik laut. Dann stelle ich meine Gedanken noch lauter und hechte auf das Sofa.

Wann treffe ich Julia? Oh… erst in einer Stunde.

Fünfmal waren wir am Nachmittag schon zusammen. Wir sind rumgelaufen, Hand in Hand, haben geredet und uns verstanden. Und gestern hat Julia gesagt: Du, ich mag dich. Ich dachte, mir fallen die Ohren ab, so habe ich mich gefreut. Aber ohne Ohren, das wäre ziemlich blöd.

Was mache ich bloß, bis wir uns treffen? Umziehen könnte ich mich. Nehme ich heute das blaue Hemd und die Jeans? Raus aus den Klamotten und rein in die anderen. Was sagt der Flurspiegel dazu?

Oh… ich habe einen neuen Pickel auf der Stirn. Das passt mir überhaupt nicht. Ob ich ein Pflaster darüber klebe? Ne… das sieht ziemlich doof aus. Aber Moment… den Pickel hatte ich gestern schon und da hat Julia gesagt, dass sie mich mag. So schlimm kann der also gar nicht sein.

Noch mal in den Spiegel gucken. Wenn ich das Pickelding wegdenke, geht das alles einigermaßen. Vielleicht bin ich ein bisschen dicklich. Allerdings ist der Frosch viel dicker als ich. Wahrscheinlich gehöre ich zur Sorte der guten Futterverwerter. Ob meine Schultern breiter sein sollten? Würde Julia das besser gefallen? Zu den Bodybuildingtypen zähle ich wirklich nicht.

Was findet Julia eigentlich an mir? Also… äußerlich bin ich keine glanzvolle Gestalt. Das steht fest. Mein Gesicht soll ganz gut sein, behauptet meine Mutter. Vielleicht will sie mich damit über den Rest wegtrösten. Egal, ich bin jedenfalls der, den Julia mag. Das ist doch was.

Puuuh… fünfundvierzig Minuten dauert es noch, erst dann treffen wir uns. Die Zeit vergeht gar nicht, bis es so weit ist. Und wenn wir zusammen sind, sprintet sie vorbei, die Zeit.

Ich laufe durch die Wohnung und lande schließlich im neuen Sessel. Also… am Anfang habe ich ja gedacht, der Stiefvater will Stacheldraht um ihn binden und daranschreiben: »Der Sessel gehört mir.« Aber so schlimm ist es nicht geworden. Ich sehe das heute ganz großzügig und finde es ziemlich nebensächlich.

Seit es Julia gibt, ist es überhaupt nicht mehr so wichtig für mich, was zu Hause passiert. Ich bin viel mehr mit ihr und weniger mit meinen Vätern, meiner Mutter und Bine beschäftigt. Deswegen können die mich auch gar nicht mehr richtig ärgern.

Halt! Die Guppys brauchen Futter. Kommt an die Scheibe, Fische, Papa hat was für euch. So… schmeckt's?… Macht's gut… und bis bald. Also… besonders toll kümmere ich mich zurzeit nicht um die.

Jetzt habe ich eine Idee, was ich tun könnte. Ich schneide einen schmalen Streifen Papier ab und darauf schreibe ich: »Sabine und Michael Brettschneider«. Den Streifen klebe ich unter das Namensschild an der Wohnungstür.

Schon erledigt… auf der Tür ist nun die ganze Familie versammelt. Konrad und Brettschneider. Jedenfalls werden Bine und ich nicht mehr unterschlagen. Warum habe ich das nicht längst gemacht? Mal hören, was meine Eltern später dazu sagen.

Kühlschrank auf und einen Schluck Saft getrunken. Mensch, das dauert immer noch vierzig Minuten, bis wir uns treffen. Wenn ich ans Treffen denke, jubelt irgendwas in mir los. Ich habe wohl einen kleinen Vorjubler im Hirn.

Mick, du kannst doch nicht vierzig Minuten rumjubeln. Na gut, dann dusche ich eben, denn Wasser beruhigt mich immer.

Also, schnell die Klamotten ausgezogen und unter den Wasserfall. Schön warm ist der. Das mag ich. Meine Eltern würden sicher meckern, wenn ich solche Mengen Wasser verbrauche. Zum Glück sind sie nicht da.

Ich gucke so an mir runter, dabei lässt sich überhaupt nicht übersehen, dass ich mich verändert habe. Im Biobuch steht, die Körperbehaarung nimmt zu. Tut sie. Stimmt.

Das klingt fast, als würde ich auf dem direkten Weg zum Affen sein. So schlimm ist es aber nicht. Trotzdem, die Haare da unten sehen ziemlich dicht aus. Ist völlig in Ordnung.

Ob sonst eigentlich auch alles in Ordnung ist? Mein hervorragendes männliches Teilchen, zum Beispiel. Na ja, von hier oben wirkt es nicht gerade übermäßig. Beim Duschen nach dem Sport sehen die Vergleichsgrößen der anderen glücklicherweise kaum anders aus. Das beruhigt. Wie das als Mädchen ist, so völlig ohne? Kann ich mir gar nicht vorstellen.

Das Wasser wird zu heiß. Ich drehe es kälter und checke meine Männlichkeit weiter durch.

Die Haare unter den Achseln sprießen etwas kümmerlich. Am meisten halten sich aber die Barthaare zurück. Das ist ein Ärger mit denen. Kolossal. Vielleicht sind sie ja doch gewachsen? Mal im Spiegel nachgucken … ne … nichts, weiterhin die totale Vollglatze am Kinn.

Oh… jetzt habe ich das Bad überschwemmt. Den See wische ich nachher weg. Schnell wieder unter die Dusche, dann abgetrocknet und angezogen.

Es dauert immer noch eine halbe Stunde, bis wir uns treffen. Warum freue ich mich eigentlich so darauf? Das ist ja direkt unheimlich.

Ich gehe in mein Zimmer und höre die Gruppe »Asphalt«. Sehr laut stelle ich sie. Ich springe ins Schlagzeughämmern, singe zur elektrischen Gitarre und zu der tiefen Frauenstimme, tanze herum.

Ich werfe meine Haare und bin völlig in der Musik. Die tobt in mir und ich tobe mit ihr. Das reißt mir die Füße vom Boden und ich tanze, bis ich ziemlich außer Puste bin.

Mir fällt ein, ungefähr siebzig Meter Luftlinie von mir entfernt und auf der anderen Straßenseite ist Julia in ihrem Zimmer. Was sie gerade macht?

Noch zwanzig Minuten. Ich bin ein völliges Ungeduldsbündel.

Den Bernd könnte ich anrufen, meinen alten Kumpel. Das verkürzt die Wartezeit. Ich wähle die Nummer und sein Vater nimmt ab. »Hallo«, sagt er. »Du bist's. Ich hole Bernd.«

Blöderweise reden wir wieder über die Guppys, obwohl die mich im Augenblick eigentlich nicht interessieren. Als wir damit fertig sind, fragt Bernd, wie es in der Schule läuft. Noch so ein höllisch spannendes Thema. »Ganz gut«, sage ich. »Und bei dir?«

»Na ja.« Wir reden ein paar Sätze hin und her, bis ich den Hörer einhänge.

Könnte ich mit Bernd über Julia sprechen? Ne… das ginge wohl nicht, denn erst vor ein paar Wochen hat er auf die doofen Weiber geschimpft. Der Junge ist ziemlich kindlich geblieben.

In zehn Minuten treffen wir uns, Julia und ich. Ob ich schon losziehe? Ne… erst mal mache ich das Badezimmer sauber. Danach lasse ich den Minutenzeiger noch einmal weiterrücken.

Jetzt! Das war der Startschuss. Ich schließe die Wohnungstür, gehe die Treppe hinunter und aus dem Haus. Wieder ist kein Nachbar unterwegs, den ich grüßen könnte.

Halt! Wer geht da auf der anderen Straßenseite, ungefähr fünfzig Meter vor mir? Julia-Esther-Indikativ. Blaue Bluse. Weiße Jeans. Und das alles blinkt mir zu.

Ruhig, Mick! In unserer Straße tun wir immer, als ob wir uns fremd wären. Also bleibe ich auf meiner Straßenseite und gehe hinter ihr her. Mit ihr ist der langweilige Gehsteig drüben wirklich ziemlich interessant.

Warum hat sie eigentlich die gelbe Plastiktasche dabei? Was trägt sie drin spazieren?

Der Kiosk am Ende der Straße und auf ihrer Straßenseite ist unser Treffpunkt. Ich will früher ankommen und renne ein Stück. Schon überhole ich sie und gucke dabei keinen Augenblick zu ihr hinüber. Bis zum Kiosk ist sie Luft für mich.

Ruft sie was? … Ne… Mal rüberschielen. Schielt sie zurück? Leider kann ich das nicht erkennen.

Jetzt überholt sie mich. Frechheit! Mensch, Julia, das ist kein Wettlauf. Da kommt man ja ins Keuchen. Ich lege einen Schritt zu und ziehe an ihr vorbei. Wieder holt sie auf. Mal sehen, wer früher am Kiosk ankommt.

Ich überquere die Straße … und gehe neben Julia. »Hallo!«, sage ich. »Hallo!«, sagt sie.

Der Kiosk und seine Zeitungsschlagzeilen bleiben heute völlig unbeachtet. Zielstrebig und sofort verirrt sich meine Hand zu ihrer und ihre zu meiner. Jedenfalls liegen sie ineinander und wir gehen nebeneinander. Endlich.

Ich spüre Streichelfinger, handrauf, handrunter. Das kriegt sie alles zurück.

Ihre Haut ist warm. Ich krabble mit dem Zeigefinger ein Stückchen ihren Arm hoch. Wir reden zuerst gar nichts, dafür erzählen sich unsere Hände ziemlich viel, bis sie meint: »Das kitzelt.«

»Ja?«, sage ich und gucke zu ihr rüber. Leuchtauge, denke ich und sage: »Warst Luft für mich auf der anderen Straßenseite.«

»Siehst du mich jetzt?«, fragt sie.

»Ne, kein bisschen.«

»Guck genauer!«

»Ne, nix zu sehen. Bist immer noch Luft.«

»Wieso redest du dann überhaupt mit mir? Bin doch Luft.«

»Ich rede gar nicht… He… wer tritt mir auf dem Fuß rum?«

»Ist ein Luftzug.«

»Du bist albern.«

»Ne, ich bin Luft.«

»Na gut, ich nehm's zurück, bist keine Luft. Ich spüre dich ja.« Wir gehen nahe nebeneinander und sie lacht mich an. Nicht laut, sondern leise. Oder lächelt sie laut? Geht das überhaupt, laut lächeln? Doch, sie tut es.

Plötzlich merke ich, wir gehen im Gleichschritt. Kommt nicht in Frage, schließlich bin ich kein Soldat. Schnell den

Schritt gewechselt, schon ist er durcheinander gebracht, der Gleichschritt auf dem Gehsteig.

Jetzt wechselt Julia ihren Schritt und geht wieder im Gleichschritt mit mir. Sofort wechsle ich noch mal. So gehen und wechseln wir vor uns hin, bis wir doch Gleichschritt halten, weil es irgendwie schöner ist.

»Was hast du in der Tasche?«, frage ich. Das verrät sie aber nicht, dafür sagt sie: »Ich muss dir nachher was erzählen.«

»Was denn?«

»Später.« Das hätte sie nicht andeuten sollen, denn ich bin unheimlich neugierig. Aber sie verrät trotzdem nichts, guckt nur etwas seltsam.

»Wohin gehen wir eigentlich?«, frage ich. Julia bleibt stehen und sagt: »Ich dachte, du gehst, und ich gehe mit.«

»Und ich dachte, du gehst, und ich gehe mit«, sage ich. »Du kennst dich hier besser aus. Ich bin noch fast fremd.«

Wir stehen und überlegen, wohin wir gehen könnten. Einen Augenblick will ich vorschlagen »zu mir, da ist heute keiner«. Nein, das sage ich doch nicht. Und jetzt sagt sie: »Komm mit. Ich weiß was.«

Wir gehen zwischen den Mietblocks und bis zum Park. Auf dem Parkweg kommen wir an einer besetzten Bank vorbei. »Oh … guck mal, ein Liebespaar«, sage ich leise.

»Meinst du wirklich?«, will sie wissen.

»Soll ich mal fragen?«

»Quatschkopf!«, sagt sie und wir gehen an den beiden vorbei.

Sind wir eigentlich auch ein Liebespaar, überlege ich. Und Julia fragt: »Sag mal, hast du schon mal eine Freundin gehabt?«

»Ne«, sage ich. »Jedenfalls nicht richtig, vielleicht beinahe. Letztes Jahr im Urlaub ...«

»Also doch«, sagt sie. »Ganz schön frühreif.«

»Nein ... da war ja fast nichts.«

»Immerhin ein bisschen. Mochtest du sie? Wie war sie denn?«

Zu ihren Fragen schickt Julia einen neugierigen Blick unter ihren dunkelbraunen Strubbelhaaren vor. Ich entdecke das Grübchen an ihrem Kinn wieder. Am liebsten würde ich einen Finger darauf legen. Das geht aber nicht, denn sie hält die Finger fest. »He, ich hab dich was gefragt«, erinnert sie mich.

»Also, das Mädchen kam mit ihren Eltern aus Frankfurt an den Chiemsee, Urlaub machen. Am Strand haben Bine und ich ein paar Mal Federball gespielt. Und das Mädchen hat gefragt, ob ich auch mit ihr spiele. Klar, hab ich gesagt. Später sind wir am See rumgelaufen.«

»So?«, fragt Julia und drückt meine Hand.

»Ne, so«, sage ich und ziehe die Hand weg. »Boot sind wir auch gefahren. Ja ... und als ich sie am nächsten Tag wieder zum Rudern abholen wollte, ist sie nicht mitgekommen.«

»Ohne Grund?«

»Ich weiß jedenfalls keinen.«

Julia und ich laufen immer noch im Park und zwischen Unmengen von kleinem Grünzeug mit bunten Blüten. Das wartet wohl auf Bienen. Baumhohes altes Grünzeug gibt es auch. Aber ich sehe das alles gar nicht richtig, weil Julia neben mir geht.

Ich muss doch mal genauer hingucken. Es sieht schön aus,

das Grün und die vielen anderen Farben um uns herum. Und mächtig hoch darüber blauer Himmel mit weißen Wolken drin.

Wir bleiben stehen und gucken hinauf. Die Wolken flitzen fast.

»Da wirst du schwindelig«, sagt Julia.

Langsam gehen wir weiter und ich frage: »Hast du mal einen Freund gehabt?«

»Ja, aus der Klasse über uns, den Kalli.«

»Kenn ich nicht.«

»Macht nichts. Wir haben uns ein paar Mal getroffen, sind rumgelaufen und so.«

»Was denn so?«

»Na ja, nichts Besonderes.« Mehr will sie wohl nicht verraten, na gut. Jetzt verrät sie aber doch etwas. »Dann hat sich Kalli mit einer anderen getroffen und kein Wort mehr mit mir geredet. Richtig doof fand ich das.«

Julia guckt säuerlich, als wäre der Kalligedanke ein Zitronenstück. Ich drücke ihre Hand und will den Gedanken wegdrücken. Und da wird ihr Gesicht anders, sieht weniger sauer aus.

»Halt!«, sage ich. »Ich muss die Flecken zählen.« Wir treten voll in die Bremsen und ich zähle die drei winzigen Marienkäferflecken auf ihrer rechten Wange. Keiner ist weggeflogen. Von da wandere ich mit dem Zeigefinger zu ihrer Nase und stupse darauf.

Ihr Gesicht ist schmal und die schmale Nase passt genau rein. Das dürfte alles gar nicht anders sein.

Ich muss diese weiche, hellbraune Streichelhaut im Gesicht einfach berühren. Julia steht dicht vor mir, hat die

Augen geschlossen. Ihre dunklen Wimpern bewegen sich ein wenig. »Sind gar keine Marienkäferflecken«, sagt sie leise.

»Ich weiß«, sage ich. »Sie müssten schwarz auf rot sein. Die heißen aber jetzt trotzdem so.«

»Na gut«, sagt sie. Ich spüre, dass ich noch viel näher bei ihr stehen möchte, irre nah. Irgendwas zieht in mir, an mir, zu ihr. »He«, sagt sie. »Weitergehen.«

Und wir gehen und reden. Mit ihr fallen mir Sachen ein, die mir bisher nie eingefallen sind. Julia schickt mir Gedanken ins Hirn und bläst den Staub weg. Da oben gräbt's mich ziemlich um, seit ich sie kenne.

Wir kommen aus dem Park und stehen vor einem großen, flachen Rohbau. »Weißt du, was das ist?«, fragt sie. Ich habe keine Ahnung.

»Das wird deine neue Schule«, erklärt sie mir.

»Waas?«, staune ich.

»Ja«, sagt sie. »In unsere alte Schule soll eine andere Schule kommen und wir kriegen eine neue.«

»Wusste ich gar nicht.«

»Kannst auch noch nicht alles wissen, bist ja erst kurz da. Aber frag mich nur immer, wenn du was wissen willst.« Sehr gönnerhaft sagt sie das, während wir uns den dreiviertelfertigen Schulkasten ansehen.

Niemand ist in der Nähe. »Komm, gehen wir rein«, sagt Julia. Ich zeige zum Schild: »Baustelle. Betreten verboten«. Wir nicken dem Schild zu und gehen daran vorbei. Über Erdhaufen steigen wir und dann balancieren wir hintereinander auf einem Brett in den Bau. »Das wird mal der Eingang«, sage ich.

»Und das wird ein Klassenzimmer«, sagt Julia. Wir gucken durch das Fensterloch auf Bauschutt und den zukünftigen Pausenhof.

Nebeneinander setzen wir uns ins Fenster. Ich spüre Julia und bewege mich etwas. Irre, nur zwei dünne Stoffstückchen sind zwischen uns. Vorsicht, Mick! Die Hormone bereiten den Aufstand vor.

Unsere Beine baumeln aus dem Erdgeschoss. Jetzt zeigt mir Julia, was sie in der Plastiktasche mitschleppt. Ein großes Stück Honigmelone nämlich. Sie gibt's mir und ich beiße hinein. Süß und wässrig schmeckt das. Der Saft läuft mir über das Kinn und Julia beißt an der gleichen Stelle in die Melone wie ich.

Eigentlich möchte ich ihr sagen: Ich freu mich riesig, dass ich dich getroffen habe. Aber ich schaffe den Satz einfach nicht. Wieder einmal die totale Blockade im Kopf und ich sage gar nichts. Idiotisch. Dabei soll sie das wissen.

Jetzt! Los! Sag's ihr, Mick!, feuere ich mich an. Leider ist in mir noch ein anderer Mick und der traut sich nicht. Die beiden Micks in mir raufen. Ob Julia das merkt?

Ne… wahrscheinlich bin ich äußerlich genauso wie vorher. Und dann kommt endlich doch ein Satz aus meinem Mund, na ja… erst mal ist es nur ein Wort: »Du…«

»Ja…«

»…es ist schön, dass es dich gibt.«

»Find ich auch«, sagt sie trocken. Ich lache plötzlich los und lache den ganzen Krampf weg. »Wenn's mich nicht gäbe«, sagt Julia, »könnt ich dich nicht mögen. Und ich mag dich nämlich«, sagt sie wieder. Weil ich nicht »ich dich auch« sagen will, bleibe ich ruhig.

Julia redet weiter: »Ich hab gestern meiner Mutter von

uns erzählt. Mit der kann ich so was besprechen. Mit meinem Vater nicht. Der hat immer Angst, dass was passiert, und dass ich unter die Räder komme.«

»Bin ich ein Rad?«, frage ich.

»Auf keinen Fall«, sagt sie.

»Ich hab meinen Eltern bisher nichts erzählt«, sage ich.

Unsere vier Beine hängen immer noch aus dem Fenster. Meine Hand wandert wieder zu ihrer und streichelt Finger. Krabbelt dann Finger für Finger am Arm hoch und sie schnappt sich die Hand. Mensch, ist das schön mit ihr.

»Mir wird's kühl«, sagt sie jetzt und wir klettern ins Zimmer zurück. Ich lege meinen Arm um Julias Schulter, ziehe sie zu mir. Ihr Mund ist genau vor meinem. Ich gucke sie an. Sie guckt mich an. Weich sieht ihr Gesicht aus, zum Küssen weich. Ich ziehe sie näher und sie legt ihre Arme um meinen Hals. Unsere Nasen berühren sich. He, ausweichen, sonst gibt's einen Unfall. Wo sind ihre Lippen? Da ... ich spüre sie, spüre sie auf meinen.

Mick küsst Mädchen! Toll. Ne ... was heißt hier Mädchen? Ich habe Julia geküsst. Nur Julia, und zwar zum ersten Mal.

Ich streichle ihre Haare. Dabei merke ich gar nicht richtig, dass ich mit dem Rücken an der Wand lehne. Schnell küsse ich sie noch mal. Sie küsst zurück. Sofort kriegt sie den Kuss wieder und ich fühle ihre Zunge auf meinen Lippen. Oh ... bin ich aufgeregt. Die Hormone wirbeln.

Julia guckt mir ins Gesicht, sofort werde ich verlegen. »Komm mit«, sagt sie. Dann lacht sie, weil sie merkt, dass an meinem Rücken Mauerdreck hängt. Sie putzt ihn ab und ich denke wieder: Mensch, ich hab sie geküsst!

Plötzlich fühle ich mich vier Meter achtzig groß, mindestens. Trotzdem geht sie gleich groß neben mir. Im Flur der neuen Schule sagt sie: »Du, ich muss dir noch was erzählen.« Das klingt ernst und ich frage: »Ach ja, klar, was denn?«

»Was sehr Blödes«, sagt sie. Ich erschrecke und spüre so einen Stich im Magen. »Ich hab's bis gestern nicht genau gewusst«, sagt Julia. »Deswegen habe ich auch nichts erzählt.« Und dann sagt sie: »Seit gestern weiß ich's. Wir ziehen hier weg.«

»Waas?«, frage ich und denke, ich höre nicht richtig. Aber ich habe richtig gehört. »Das darf nicht wahr sein«, sage ich.

»Doch, ist es aber.«

»Warum zieht ihr denn weg?«, frage ich.

»Meine Eltern übernehmen einen größeren Laden in Steinborn. Unser Tante-Emma-Laden hier ist einfach zu klein. Außerdem sollte die Miete auch noch erhöht werden. Das können wir bei dem Umsatz nicht bezahlen.«

Ich denke, mir drückt einer die Luft ab. Meine Kehle ist so eng, gleich heule ich. Mensch, bloß nicht. »Wann zieht ihr denn weg?«, frage ich und meine Stimme klingt verdächtig wackelig. »In zwei Monaten ungefähr.«

Julia guckt mich groß an. Ich blase die Backen auf und puste Luft aus. »Blöd, ne«, sagt sie.

»Sehr«, sage ich. Das haut mich um, so blöd ist das. »Wie weit liegt Steinborn weg?«, frage ich.

»Ungefähr hundertzwanzig Kilometer.«

»Mensch, ziemlich weit.«

»Bisher war's mir fast egal, wenn meine Eltern übers Wegziehen geredet haben«, sagt Julia. »Aber seit ich dich kenne, ist es mir nicht mehr egal.«

»Ach, du Scheiße«, sage ich. Der Umzug hat in mein Innenleben eingeschlagen wie eine Bombe. Lauter Trümmer liegen rum.

Julia sagt nichts und ich denke: Die machen mit uns, was ihnen gerade einfällt. Erst werde ich hierher gezogen, und zwar gegen meinen Willen. Dann gefällt es mir, weil es Julia gibt, und jetzt wird sie umgezogen. »Puuh«, stöhne ich.

Wir gehen aus der Schule. Als ich Julia ansehe, läuft eine Träne über die Marienkäferflecken. In meinem Hals steckt ein Kloß und was für einer, der drückt sehr. Da kannst du gar nichts mehr sagen, weil dir die Stimme wegbleibt. So gehen wir nebeneinander, bis ich ihre Hand wieder nehme. »Hundertzwanzig Kilometer«, sage ich. »Ist ja nicht unheimlich weit weg.«

»Treffen können wir uns nicht mehr so einfach«, sagt Julia und hat Recht. »Ich wollte es loswerden«, sagt sie noch. »Es wäre blöd, wenn ich wüsste, dass ich wegziehe, und du hättest keine Ahnung.«

»Klar«, sage ich und frage: »Wollen wir davonlaufen? Irgendwohin und ganz weit weg?«

»Hm«, sagt sie. »Aber wohin denn?«

»Weiß nicht. Oder ich raub dich.«

»Blödmann«, sagt sie.

»Blödfrau«, sage ich. Einen Augenblick grinsen wir etwas komisch vor uns hin, obwohl uns zum Heulen ist. Dann kommen wir an einem Kino vorbei. Ich hatte immer gedacht, da gehen wir mal rein. Na ja, vielleicht klappt es noch. »Kannst mich besuchen, wenn ich in Steinborn wohne«, sagt Julia.

»Mach ich bestimmt«, sage ich.

Vor fünf Minuten war ich sicher, das geht mit uns immer so weiter, ganz klar. Und jetzt passiert das. Schlimm ist, wir können uns gar nicht dagegen wehren. Du zappelst wie ein Fisch im Netz und findest keine Masche zum Rauskommen.

Vorhin war alles leicht und nun… genau das Gegenteil. Das ist wie eine Strafe dafür, dass es schön war.

Hundertzwanzig Kilometer sind es bald zu Julia, bisher waren es hundert Meter. Aber im Moment geht sie noch ganz nah neben mir. Ich kann hinüberlangen und tue es. Drücke ihre Hand und sie drückt meine. Dann sieht sie auf die Uhr. »Es ist vier«, sagt sie. »Ich sollte eigentlich zu Hause sein. Wir kriegen Besuch von meiner Oma. Aber ich will noch nicht nach Hause.«

Wir laufen einfach vor uns hin und wieder durch den Park. Ich bleibe stehen, nehme sie in den Arm und gebe ihr einen Kuss. Lasse sie gar nicht los, spüre ihre Lippen auf meinen.

Jetzt gehen wir weiter. Mensch, da habe ich endlich jemanden gefunden, mit dem ich mich gut verstehe. Obergut sogar. Und die zieht weg. Bescheuert! Bescheuert! Bescheuert!

Das war alles so neu mit Julia. So ungewohnt. So ungewöhnlich. Mit ihr zusammen bin ich mir völlig anders vorgekommen.

»Du«, sagt sie. »Was denkst du?«

»Wie blöd das ist. Aber wir schreiben uns. Und wir telefonieren.«

»Ja«, sagt sie und mir fällt ein: Das habe ich mit Bernd auch ausgemacht. Geklappt hat es nicht gut. Aber mit Julia klappt es sicher.

Da beginnt unsere Straße. Unsere! ... Na ja ... noch ist sie das. Diesmal lassen wir uns auch am Kiosk nicht los. Hand in Hand gehen wir zum Haus, in dem sie wohnt.

»Tschüss, Mick«, sagt sie.

»Tschüss, Julia«, sage ich. »Bis morgen.«

»Um zwanzig vor acht. Wie immer«, sagt sie und verschwindet hinter der Tür. Meine Freundin.

Acht Wochen haben wir noch füreinander Zeit, das sind sechsundfünfzig Tage. Und danach besuche ich sie. Bestimmt.

Eine ganz normale Familie.
Fünfzehnter Bericht.

Ein Vierteljahr wohnen die Konrads jetzt in der Gaußstraße und fremd fühlt sich hier keiner mehr. Heute Abend sitzt die Familie mal wieder zusammen. Wie immer in den letzten Wochen thront Sabine im schon nicht mehr ganz neuen Sessel.

Herr Konrad erzählt, dass er gestern Streit mit dem unangenehmen Kollegen hatte. »Da ist mir der Kragen geplatzt und ich hab ihm gesagt, was ich von seinem Chefgetue halte. Jetzt lässt er mich endlich in Ruhe und geht mir aus dem Weg.«

Seit einigen Tagen weiß Herr Konrad auch, dass er seine Probezeit bestanden hat.

Frau Konrad erzählt vom Laden, in dem sie jede Woche zehn Stunden arbeitet. Am liebsten würde sie ihrem Chef ja die Meinung sagen. Sie schimpft: »Ich habe gedacht, ich könnte auch mal ein privates Wort reden, mit Kollegen oder Kunden. Aber wenn so was passiert, motzt der Heini sofort los. Eine Hektik ist das im Laden. Entsetzlich.«

»Und das lässt du dir gefallen?«, fragt Sabine.

»Ja«, sagt ihre Mutter, »solange ich keine bessere Stelle finde.« Vielleicht wird in der Buchhandlung daneben mal was frei, hofft sie.

Sabine schüttelt den Kopf. Ihr passt immer noch nicht, dass ihre Mutter zur Arbeit geht. Es ist mittags einfach oft nicht mehr so gemütlich wie vorher. Seit Frau Konrad im Laden arbeitet, muss zu Hause alles hopplahopp fertig werden. Und Sabine soll helfen.

Michael will gleich Gitarre üben. Vor ein paar Wochen hat er das Instrument gekauft. Bezahlt haben es sein Stiefvater und sein Vater gemeinsam. In dem Fall fand Michael die zwei Väter ausnahmsweise ganz praktisch.

Das Telefon klingelt. Sabine rennt auf den Flur, hebt den Hörer ab und schreit: »Mick! Deine Verknutschte!« Seit Esther weggezogen ist, ruft Sabine das öfter.

Während Michael telefoniert, geht seine Schwester ins Bett und die beiden Erwachsenen sind allein im Wohnzimmer. Frau Konrad holt das Familienalbum und setzt sich neben ihren Mann. Sie tippt auf ein Foto von Sabine, eineinhalb Jahre ist es alt. »So sehr hat sie sich gar nicht geändert«, sagt Herr Konrad.

Und dann sehen sie ein Foto von Michael, vor einem Jahr wurde es gemacht. Frau Konrad staunt: »Mensch, der ist in der Zwischenzeit wirklich viel erwachsener geworden. Eine Freundin hat er auch schon.«

»Was heißt schon?«, fragt Herr Konrad. »In seinem Alter ist das normal.«

Frau Konrad weiß das mit der Freundin seit einigen Wochen.

Sie freut sich, dass ihr Sohn davon erzählt hat. »Ob die Freundschaft trotz des Umzuges hält?«, fragt sie.

Ihr Mann kann sich das bei der Entfernung nicht vorstellen. Frau Konrad weiß, Michael wünscht sich, dass Esther und er zusammenbleiben. »Das ist ernster, als ich zuerst gedacht habe«, sagt sie, denn sie hat miterlebt, wie schlimm Esthers Umzug für ihren Sohn war. Der Junge ging kaum noch aus seinem Zimmer und redete fast nichts mehr. Das wurde erst besser, als ein Brief von Esther kam.

Frau Konrad und ihr Mann sehen sich Michaels Foto noch mal an. Ja, das war der Junge vor einem Jahr. Inzwischen hat sich einiges geändert, nicht nur der Wohnort und die Wohnung.

In den letzten Wochen fällt Frau Konrad auf, dass sich langsam auch zwischen ihrem Mann und Michael etwas ändert. Sie hat den Eindruck, die beiden akzeptieren sich ein wenig mehr. Ihr Mann wirkt geduldiger. Und kürzlich hat Michael zum ersten Mal von seinem Vater gesprochen und seinen Stiefvater gemeint.

»Weißt du«, sagt Frau Konrad, »Michael hat mir erzählt, er will Esther in den nächsten Wochen besuchen. Er fährt mit dem Zug hin. Dieser Junge ist das«, sagt sie und tippt auf das Foto. Sie klingt fast ein wenig stolz.

»Der war er mal«, sagt Herr Konrad. Seine Frau nickt und sagt: »Mal sehen, ob wir's bei Sabine schneller mitkriegen, wenn sie kein Kind mehr ist.«

»Ich glaube schon«, meint Herr Konrad. »Wir haben ja bei Michael genug trainiert.«

Geht ihr miteinander?

Ob ich meine Füße auf die Bank gegenüber lege? Es sitzt ja keiner darauf und es wäre wirklich bequemer. Klar, das mache ich einfach. Aber vorher ziehe ich die Schuhe aus, denn so ein Zugsitz will bestimmt nicht mit einem Schuhabstreifer verwechselt werden.

Über eine Stunde rattert der Zug noch zu Julia. Ein Intercity ist das nicht. Er hält bei jeder Kuh, wahrscheinlich kriegt er da Milch als Treibstoff.

Eigentlich finde ich das alles ganz gemütlich. Wenig Leute im Zug. Dafür haufenweis Landschaft draußen, viel zu viel für zwei Augen.

Mensch, ich besuche Julia ... Esther. Indikativ lasse ich weg. Mit der Wirklichkeitsform stimmt das nicht mehr, denn Julia ist unwirklich weit weg. Aber heute fahre ich zu ihr.

So ... mal zurücklehnen und die Augen schließen. Ich muss in meinem Hirn aufräumen. Mir schießt nämlich wieder alles Mögliche kreuz und quer durch den Denkapparat.

War Wahnsinn, Julias Wegziehen. Knüppeldick tat das in mir weh. Und es tut immer noch weh, aber nicht mehr ganz so. Es ist ein Ziehen geworden und manchmal das Gefühl, als würdest du schwerer Luft kriegen.

Der Schaffner kommt und will meine Fahrkarte sehen. »Bitte«, ich zeige sie ihm und er zwickt rein.

Ob er was gegen die Füße auf der Bank gegenüber hat? Er guckt so ein bisschen strafend … wie mein Stiefvater, wenn er etwas verbieten will, aber noch nicht genau weiß: Soll ich? Oder soll ich nicht?

Mann, Schaffner, das musst du doch sehen, ich habe keine Schuhe an. Das ist ein echter Kompromiss.

Er geht und trägt seine Zange weiter durch den Zug. Richtig abgelenkt hat er mich und ich wollte eigentlich in meinem Kopf aufräumen.

Weggelaufen wäre ich am liebsten mit Julia. Gedacht habe ich daran. Aber schon beim Denken war klar, wir machen das nicht. Zum Abschied … oh … ist das ein schlimmes Wort … habe ich ihr einen blauen Ring geschenkt, weil er zur Silberkette passt. Zu meinem Taschengeld hat er nicht gepasst. Er war ein echter Schlag gegen mein Guthaben.

Julia hat den Ring angesehen und gesagt: »Du spinnst!« Aber gefreut hat sie sich doch. Sie hat mir mein Marienkäfermodell geschenkt. Handgemalt. Rote Punkte. Schwarzer Käfer. Das Tierchen hängt über meinem Bett. Für jeden Punkt hat sie noch einen Kuss bekommen. Dann ist sie aus meinem Zimmer gegangen.

Das muss man sich vorstellen. Eben hast du sie im Arm und gleich darauf ist sie nicht mehr da. Und am nächsten Tag fehlt sie dir und am übernächsten genauso.

Zuerst kapierst du das gar nicht richtig, dass ihr Stuhl in der Klasse leer bleibt. Später wird es in dir leer. Mensch, gleich laufen mir die Augen über.

Wir waren richtig aneinander gewöhnt. Die Eltern haben

auch gewusst, dass wir zusammen sind. Mein altes Mütterchen fand das gut. Der Stiefvater hat fast nichts dazu gesagt. Er sagt überhaupt wenig, der Mann. Ich weiß oft nicht, wie es ihm geht. Und er weiß nicht, wie es mir geht. So sind wir eben quitt.

Mit Julia war das anders. Wir wussten ziemlich viel voneinander. »Ehepaar« haben sie uns in der Klasse genannt, wenn sie nicht Romeo und Julia gesagt haben. Frosch konnte gar nicht aufhören, Herzchen zu schnitzen. Für mich und Julia, und immer rein in die Schulbank.

Wieso hält der Zug hier? Das muss er, logisch, denn da steht wieder ein Kirchturm in der Landschaft und davor eine Milchkanne. Der Zug braucht einen Schluck, damit er weiter durch das Grün rattern kann. Über dem Grün ist jede Menge Blau am Himmel versammelt. Seit ein paar Tagen hängt das wie festgenagelt oben.

Endlich bewegt sich der Zug wieder. Beeilung! Um 10.46 Uhr will mich Julia vom Bahnhof abholen. Das steht in ihrem letzten Brief, den ich gerade in der Hand halte. »Deine Julia«, steht darunter. Meine … mit massenweise Kilometern zwischen uns.

Julia hat mir viel von der neuen Klasse geschrieben, von den Lehrern, von ihrem Zimmer, vom neuen Laden. Und dass sie sich freut, wenn ich komme, steht im Brief.

Ich habe ihr mindestens genauso viel geschrieben. Nur eines nicht und das habe ich auch am Telefon verschwiegen. Oh, verdammt, ich habe das einfach nicht sagen können.

In den ersten Briefen von mir steht alles, was passiert ist. Dann musste ich was weglassen und beim nächsten Brief noch mehr. Beim Telefonieren war das mit dem Weglassen genauso, obwohl ich das blöd fand. Aber es ist was dazwischengekommen.

Eben kommt auch was dazwischen, nämlich der Meister in Uniform mit seiner bissigen Zange. Wieder guckt er strafend auf meine Füße. Ob er die zählt? Es sind zwei Stück.

So … er verschwindet. Irgendwie bin ich verkorkst, echt. Gerade denke ich noch an Julia. Da kommt der Uniformierte und ich lass mich völlig ablenken.

Also … ich habe Julia nicht mehr alles erzählt. Sylvia ist dazwischengekommen. Eigentlich wollte ich das gar nicht, schließlich gibt's Julia und mich.

Na ja, Julia gab es nur weit entfernt. Und Sylvia saß in der Gitarren-AG vor mir. Jetzt sitzt sie neben mir und wir treffen uns zum Üben. Sie geht in die Parallelklasse.

Ich merke, ich muss mir das alles noch selber erklären. Mit Sylvia ist das anders als mit Julia. Und Sylvia ist anders als Julia. Außerdem bin ich anders, als ich's am Anfang mit Julia war.

Rumgestottert habe ich nur wenig. Ich musste mich auch kaum mehr überwinden, ihre Hand zu nehmen. Allerdings habe ich gedacht, das kannst du nicht machen, Mick, wo Julia gerade erst ein paar Wochen weg ist. Aber ich konnte es machen und ich treffe Sylvia gerne. Sicher nicht jeden Tag wie Julia, trotzdem ziemlich oft.

Das alles wollte ich Julia nicht sagen, nicht im Brief und nicht am Telefon. Und jetzt fahre ich zu ihr. Ich freue mich auf sie, denn ich mag sie. Aber ich mag Sylvia auch.

Eine halbe Stunde noch, dann bin ich bei Julia. Eigentlich könnte ich vorher einen Happen essen. Mütterchen hat mir Brot und einen Apfel mitgegeben.

Da hält der Zug schon wieder und diesmal an einem größeren Bahnhof. Leute steigen ein. In mein Abteil kommt ein altes Paar. Schnell die Füße vom Sitz, vielleicht wollen sie ihn benutzen. Die Chance muss ich ihnen lassen.

Nein... niemand will den Platz. Sie setzen sich in die Reihe neben mir. Hundertzwanzig Jahre sind sie mindestens alt. Zusammen, meine ich.

Und was sehe ich außerdem? Ein Mädchen, schwupp sitzt es den beiden gegenüber. Sie ist ungefähr in meinem Alter und ich habe sie genau im Blickfeld.

Zurzeit ist das verrückt. Früher habe ich gar nicht so viele Mädchen bemerkt. Aber seit einigen Monaten muss irgendwas mit meiner Optik passiert sein. Überall Mädchen, und zwar in rauen Mengen. An denen kann ich gar nicht vorbeisehen.

Ob das in Ordnung ist? Ich fahre zu Julia, denke an Sylvia und begucke das Mädchen da drüben. Vielleicht bin ich ein Sexmonster? Wahrscheinlich steigen mir die Hormone ins Hirn und schärfen meine Augen für Mädchen. Davon kriegt man dann so einen gierigen Blick. Na ja, ganz genau weiß ich nicht, ob das biologisch alles stimmt.

Hallo! Ich winke mal mit den Augen rüber. Wirklich, ich bin total verkorkst. Das Mädchen guckt sehr brav geradeaus. Bestimmt sind die beiden Alten ihre Großeltern.

Umschalten! Ich muss mich durchdacht haben, bis ich Julia treffe. Aber das mit der Denkerei klappt bei mir oft nur kurz. Zack!, schießt mir wieder etwas anderes durchs Hirn. Ich glaube, meine Krankheit ist, dass ich nicht stur weiterdenken kann. Wahrscheinlich lasse ich mich zu gerne ablenken. Ich bin wohl mehr ein Kurzstreckendenker.

Also weiter … ich war sicher, das fegt mich auf Dauer in den Gully, wenn Julia weg ist. Aber dann habe ich einen Klimmzug gemacht und mich langsam aus dem Gully gezogen, weil es Sylvia gab. Trotzdem kommt mir das mit Sylvia fast wie ein Verrat vor. Ich erzähle auch noch keinem davon.

Am Anfang habe ich sie in der Gitarren-AG nicht mal richtig gesehen. Vor meinem Kopf war ein Juliatrauerbrett. Aber das Brett hat sich bald ein bisschen gelockert und da habe ich Sylvia dann gesehen.

Viel war nicht bisher. Zweimal Eis essen, ein paar Mal Gitarre üben, zweimal spazieren gehen. Sylvia habe ich auch von Julia erzählt.

Der Zug hält schon wieder. Manchmal vergesse ich ganz, dass ich drinsitze. Ach … die zwei Alten und das Mädchen steigen aus.

In einer knappen Viertelstunde bin ich bei Julia. Mensch, das regt mich ziemlich auf. Ganz ruhig, Mick.

Was erzählt mir eigentlich der Spiegel gegenüber, wenn ich reingucke? Kleiner Pickel an der linken Schläfe, meint er. Der stört nicht groß. Die Haare habe ich mir etwas kürzer schneiden lassen. Aber sie sind immer noch so lang, dass ich mich im Notfall dahinter verstecken kann.

Meine Häuptlinge waren erfreut über die kürzeren Haare, vor allem der Stiefvater mochte mich mit den langen Flusen nicht. Übrigens, manchmal denke ich in den letzten Wochen, dass er vielleicht gar nicht so viel gegen mich hat, der Stiefmensch. Er meckert immer seltener. Trotzdem, es wäre besser, wenn mein richtiger Vater mit uns leben würde.

Ob ich auch mal geschieden werde? Das wäre das Letzte. Na ja … eine Trennung habe ich schon erlebt. Obwohl das mit Julia keine richtige Trennung ist. Schließlich treffen wir uns.

Oh, dieses Gedankenkarussell in meinem Kopf. Außerdem muss ich zum Klo. Also los. Nein ... es ist schon zu spät. Der Zug fährt langsamer und die ersten Häuser tauchen auf. Ich bin in Steinborn.

Die Wagen rattern, als würden sie gleich auseinander fallen. Lange halten sie das nicht mehr durch. Ich gehe mal an die Tür und gucke raus.

Wir sind im Bahnhof und der Zug quietscht zur Begrüßung höllisch laut. Und da ... ich sehe ... Julia auf dem Bahnsteig. Ich hebe schnell die Hand. Sie hat mich gesehen und winkt. Dort steht sie und der Zug steht auch.

Zwischen ziemlich vielen Leuten gehen wir aufeinander zu.

»Hallo«, sage ich.

»Da bist du ja«, sagt sie. »Der Zug ist genau pünktlich«, sagt sie auch noch. Dann stehen wir voreinander, ich mit Tragetasche, sie mit Umhängetasche.

Es ist anders, als es vorher bei uns zu Hause war. Ich merke das gleich. Wir haben uns ja auch lange nicht mehr gesehen. Ein bisschen fremd kommt sie mir vor.

Mensch, ich sollte was sagen, sonst denkt sie, ich hätte das Sprechen in der Zwischenzeit verlernt. Aber ich stehe immer noch stumm auf dem Bahnsteig. Jetzt sagt sie was: »Stellen wir deine Tasche ins Schließfach?«

»Gute Idee«, sage ich und wir gehen über den Bahnsteig und ins Bahnhofsgebäude. Die Tasche wird eingeschlossen. Meine Hände sind frei und wir gehen weiter.

»Wie findest du's hier?«, frage ich was Kluges, obwohl sie

mir das am Telefon und in Briefen schon erzählt hat. »Geht so«, sagt sie. »Weißt ja selber, wie die Umzieherei ist. Als ich in die neue Klasse gekommen bin, hat wenigstens keiner gelacht. Hier reden sie zum Glück genauso wie bei uns.«

Ich muss Julia mal begucken. Alles wie immer, sie hat die gebleichten Jeans an, Turnschuhe und eines ihrer blauen T-Shirts. Die Verpackung passt gut zu ihr, wirklich. Wenn ich an Julia denke, sehe ich sie immer genauso vor mir. Das Silberkettchen ist auch da. Aber wo steckt der blaue Ring? Ob sie ihn an der anderen Hand trägt?

Wir gehen über den Bahnhofsvorplatz und ich sage: »Bei uns in der Klasse gibt's nichts Neues.«

»Schnitzt der Frosch noch?«, fragt sie.

»Nicht mehr ganz so viel. Seine Tischseite ist voll. Jetzt will er bei mir anfangen und da spiele ich nicht mit.«

Julia lächelt vor sich hin. Ich mag ihr Lächeln und ich mag ihr Gesicht.

»Was macht die Schlutbolm?«, fragt sie.

»Die piepst nur noch leise. Das geht nicht mehr lange mit ihr… Wie sind deine neuen Lehrer?«

»Im Durchschnitt ganz gut. Nur einer ist ziemlich mies. Er holt sich gerne Mädchen an die Tafel und macht sie fertig. Sehr locker, kühl und irgendwie auf eine fiese Art ironisch.«

Ziemlich wütend sieht Julia aus. Und ich merke, dass ich gar nicht merke, wohin wir gehen. Plötzlich bleibt Julia vor einer Pommes-frites-Bude stehen und sagt: »Du… das Wegziehen war richtig blöd für mich, und zwar wegen dir.«

»Ne, für mich und wegen dir«, sage ich. Dann gebe ich nach: »Na ja, meinetwegen für uns und wegen uns.«

»Ich hab mich vorher noch nie mit jemandem so gut verstanden«, sagt sie.

Es ist Wahnsinn, sie sagt ständig die Dinge, die ich eigentlich auch irgendwann mal loswerden möchte. Da bleibt mir nur immer übrig, hinterher das Gleiche zu sagen. Allerdings klingt das dann ziemlich überflüssig. Trotzdem sage ich jetzt, dass es mir genauso geht. In dem Augenblick meldet mein Gehirn Alarm:

Sylvia! Sylvia!

»Willst du unseren neuen Laden besichtigen?«, fragt Julia. »Ja«, sage ich und wir biegen in eine Fußgängerpassage. Spaziergänger sind unterwegs und gucken Schaufenster an.

Wir üben mal wieder Gleichschritt nebeneinander und ich mache einen Zwischenhüpfer. Schon ist Julia aus dem Tritt gebracht. »Doofer«, sagt sie. »Selber doof«, sage ich und will ihre Hand nehmen.

Julias Schatten geht neben mir, merke ich. Ich möchte ihn mit dem Fuß erwischen. Jetzt habe ich ihn. »Da«, rufe ich. »Gefangen!«

»Was?«, fragt sie.

»Deinen Schatten«, sage ich und habe ihn wieder unter meinem Fuß.

»He!«, ruft sie. »Aua! Du trittst mich. Das tut weh.«

»Sehr?«

»Teuflisch.« Aber ich trete ihn noch mal, ihren Schatten. Sie will sich an meinem rächen und ich springe beiseite. Jetzt schleicht sie mit dem anderen Fuß an. Erwischt meinen Schatten, steht darauf und hält ihn gefangen. Ich bewege mich keinen Zentimeter. »Siehst du«, sagt sie, »da kannst du nicht weg.«

»Stimmt«, ächze ich und strenge mich riesig an. Jedenfalls tue ich so. »Ergib dich«, verlangt sie.

»Niemals!«, sage ich. In dem Moment schiebt sich eine dusslige Wolke vor die Sonne und unser Schattenspiel ist vorüber.

Wir gehen weiter. Ich schlenkere mit meiner Hand neben ihrer vor und zurück. Plötzlich liegen sie ineinander und halten sich fest, die Hände. Sie haben sich ja auch schon ein paar Wochen nicht mehr gespürt. Ich drücke ihre Hand und sie drückt zurück. So einen Druck mag ich.

Vor ein paar großen Schaufenstern bleibt Julia stehen und sagt: »Hier, guck mal, unser neuer Laden.«

»Ist ja ein richtiger Supermarkt«, staune ich.

»Fast«, sagt Julia. »Ich hab den alten Laden lieber gemocht. Aber hier geht das Geschäft besser, meinen die Eltern. Über dem Laden wohnen wir«, sagt sie.

Wir gucken an den Plakaten und Auslagen vorbei in den halbdunklen Laden. Auf einmal sehe ich uns im Schaufenster. Ich stupse gegen die Scheibe und berühre Julias Spiegelbild. Sie merkt das und stupst zurück.

Mit dem Zeigefinger ziehe ich ihre Umrisse nach. Die Schultern. Den Kopf. Jetzt male ich sie mit dem Finger auf die Glasscheibe. Julia steht ganz ruhig, bis ich fertig gemalt habe, von oben bis unten. Dann lege ich meinen Arm um ihre Schulter und meinen Kopf an ihren.

Wirklich, Julia ist irre magnetisch. Ich gebe ihr einen Kuss und spüre ihre Lippen genauso weich wie vorher. »Du«, sagt sie. »Hier nicht. Wir wohnen da oben.«

Na gut, ich lasse sie los, aber sehr ungern. »Übrigens, viele Grüße von meinen Eltern«, sagt sie.

»Danke.«

»Willst du kurz hoch, Händchen geben und Knicks machen?«, fragt sie.

»Muss nicht sein«, antworte ich und sehe Julia an. Meine Optik stelle ich auf scharf. „Guck nicht so«, sagt sie.

»Wie soll ich sonst gucken? … So …?«, frage ich und verziehe das Gesicht, als hätte ich einen halben Liter Essig getrunken.

»Ne, so auch nicht«, sagt sie.

»Oder so?« Ich mache dicke Falten auf der Stirn. Sie schüttelt den Kopf. Dann drehen wir uns um und laufen los. Julia fängt meine Hand aus der Luft. Und weil ich nun auf ihrer anderen Seite gehe, spüre ich plötzlich den Ring. Sie hat ihn am Finger, jetzt sehe ich es. Ich streichle ihn und alles drum herum. Mir wird warm neben ihr, innerlich, meine ich.

»Wie lange hast du Zeit?«, fragt sie.

»Um siebzehn Uhr fährt ein Zug zurück.« Aber daran will ich noch nicht denken. Über fünf Stunden sind das bis dahin. »Prima, dass das mit dem Treffen geklappt hat«, sagt sie.

Wir kommen am Ende der Straße an. Die ersten Bäume stehen hier und ein paar Schritte weiter jede Menge. »Wald gibt's da, sonst nichts mehr«, sagt Julia.

»Wirklich?«, frage ich. »Bestimmt versteckt sich ein Supermarkt hinter den Bäumen. Oder ein winziges Hochhaus.«

»Lass uns nachsehen.«

Wir rennen auf dem Weg zwischen den Bäumen. Immer wieder gucken wir hinter Stämmen nach, suchen winzige

Hochhäuschen und finden keine. Wir sind albern, lachen, rennen, bis wir keine Luft mehr kriegen.

Ich lehne an einem Stamm, ziehe Julia zu mir. Da … ihre Marienkäferflecken auf der Wange. Sie haben sich nicht vermehrt. Meine Finger krabbeln an ihnen vorbei und die Nase hoch zur Stirn hinauf.

Die Finger verstecken sich in ihren zerzausten Haaren. »Das kitzelt«, sagt sie und sieht kicherig aus. »Deine Finger krabbeln wie … Marienkäfer.« Sie krabbeln weiter, sie krabbeln aus ihren Haaren und zum Ohr und über ihren Hals.

»Nicht verlaufen«, warnt mich Julia und reibt ihre Stirn an meiner Stirn. »Lass uns ein Stück gehen«, sagt sie. »Ich kenn die Gegend hier noch gar nicht, die muss erforscht werden.«

»Hm«, mache ich und Julia geht schon. Verflixt, ich wäre gerne länger mit ihr so stehen geblieben. Sie ist ein irrer Magnet für mich, stimmt völlig. Meistens spüre ich meinen Körper ja gar nicht, aber mit Julia zusammen spüre ich ihn sehr deutlich. Magnetismus und Hormongewimmele, irgend so was ist das. Da wirst du völlig aufgeregt. Ich weiß gar nicht mehr, wohin mit mir.

Beim Gehen lege ich meinen Arm um Julias Schulter. Nur Bäume gibt es hier, Büsche, den Weg und uns. Au … und dann gibt es noch etwas in mir, Sylvia.

Der Sylviagedanke hat hier nichts zu suchen. Oder doch? Ich bin ja auch mit ihr zusammen. Jetzt merke ich, dass Julia mich anguckt. Sofort fühle ich mich ertappt und sie fragt auch noch: »Was denkst du denn gerade?«

»Ach, nichts«, sage ich und gebe ihr einen langen Kuss,

damit sie auf keinen Fall weiterfragt. »Puuh«, stöhnt sie, »ich krieg keine Luft mehr.«

»Oh, dann muss ich Mund-zu-Mund-Beatmung machen«, schlage ich vor.

Wenn wir noch öfter stehen bleiben, wird das kein langer Spaziergang. Na ja, von der Zeit vielleicht schon. Von der Strecke aber nicht.

Wasser blinkt zwischen den Bäumen. »Das ist der Kanal«, sagt Julia. Als wir näher kommen, sehe ich, dass eine Eisenbahnbrücke über das Wasser führt. »Da bin ich vorhin entlanggefahren«, fällt mir ein. »Das habe ich alles schon von oben gesehen.«

Wir kommen aus dem Wald und es geht ein Stück die Böschung hinunter. Die Eisenbahnbrücke ist so zwei Meter über uns. Prima Plätze zum Hinsetzen gibt es an der Böschung. Wir haben ein Dach über dem Kopf, die Brücke nämlich. Und zum Anlehnen können wir uns die Böschung oder den Brückenpfeiler aussuchen.

Am Pfeiler vor uns steht mit weißer Farbe: Null Bock auf gar nix. Wie find ich denn das? Stimmt überhaupt nicht.

Wir sitzen im Gras versteckt unter der Brücke, in der Landschaft verschwunden. Julia holt eine Cola aus ihrer Umhängetasche und reißt sie auf. »Magst du?«, fragt sie und ich trinke einen Schluck.

Sie streicht über meine Wange und ich über ihre. Die Hände können gar nicht genug von Julia bekommen. Jetzt kriege ich einen Original-Cola-Kuss, dann legen wir uns zurück.

Mein Arm ist unter ihrem Rücken eingeklemmt. Also… ich will ja nicht jammern, aber wenn sie noch lange so liegen bleibt, quetscht sie mir den armen Arm ab. Halb hat sie das schon geschafft. Oh… sie ist ein ziemliches Schwergewicht. Eigentlich könnte ich das mal sagen. Ne… tue ich nicht, vielleicht gefällt's ihr gerade so, wie sie daliegt.

Jetzt ist der Arm völliger Matsch und eingeschlafen. Das sticht ziemlich und ich ziehe ihn vorsichtig zurück. »Hat's wehgetan?«, fragt Julia.

»Ach, ein bisschen«, sage ich und sie massiert den Schmerz weg. Als sie sich wieder auf den Rücken legt, rette ich den Arm rechtzeitig.

Das blaue T-Shirt ist ein Stück hoch gerutscht. Julias nackter Bauch guckt mich an. Ich streichle mit meinen Fingern am T-Shirt-Rand entlang. Lasse die Finger unter den Stoff krabbeln und den Bauch hoch. Eine ungeheuer gefährliche Expedition.

»Marienkäfer sind unterwegs«, flüstere ich. Die Tierchen kriechen immer weiter auf Julias Haut. Sie wissen auch ohne Verkehrsschild, wohin sie wollen. So ganz trauen sie sich aber nicht, obwohl das Ziel gar nicht weit ist.

Ich sehe sie unterm Stoff, die Krabbelfinger. Und Julias Brust sehe ich auch. Sie sieht schön aus, die Brust. Zum Berühren schön. Aber ich sehe das nicht nur. Ich spüre es auch und bin nah bei ihr. Es ist alles so wahnsinnig eng und drängend in mir. Das drängt mich an sie.

Meine Finger wandern weiter. Fühlen die weiche, hügelige Haut. In mir ist Hochdruck und eine Spannung, als wäre ich eine Schnur im Augenblick vor dem Zerreißen… oder so ähnlich.

Wie guckt Julia jetzt eigentlich? Überhaupt nicht, denn sie hat die Augen geschlossen.

Ich wusste gar nicht, dass es so was gibt. Ist ja ein richtiger Aufstand in mir. Dieses zittrige, flattrige Gefühl haut mich glatt um. Gleich hebe ich ab wie ein Vogel. Ach, kommt vögeln vielleicht daher?

Vor Aufregung hat sich kolossal was aufgerichtet. Das ist gar nicht mehr zu übersehen, ein ziemlich hervorragender Druck. Zum Glück guckt Julia nicht hin. Ich geniere mich irgendwie, obwohl im Biobuch steht, ich brauch mich nicht zu genieren. Mir kommt's vor, als würde sich meine Männlichkeit jeden Augenblick selbstständig machen. Hoffentlich läuft sie nicht davon. Sie steht schon sehr sprungbereit.

Meine Finger liegen still auf Julias Brust. Den Mittelfinger hebe ich unterm T-Shirt-Stoff hoch. Sie guckt hin. »He!«, sagt sie und lächelt. Und ich streichle mit einem Finger ihre Haut, weich ist die Stelle.

Was dröhnt denn da so gefährlich? Julia setzt sich und ich sitze auch. Immer lauter wird der Krach.

Ach, klar, wir sind unter einer Eisenbahnbrücke. Die gibt es, damit Eisenbahnen darüber fahren können. Genau das tut jetzt eine. Es scheppert, als würde die Brücke gleich einstürzen. Dann wird der Zug leiser.

»Oh«, sagt Julia, »ich glaube, ich hab einen Grasflecken in der Hose.« Sie steht auf und ich gucke. Ja, da ist ein grüner Fleck im Blau. »Geht auch wieder weg«, sagt sie. »Los, lass uns rumlaufen.«

Mist, denke ich, ich würde gerne weiter hier liegen und sie streicheln. »Ich hab so ein komisches Gefühl«, sagt Julia. »Ich muss dir nämlich was erzählen.«

Na gut, gehen wir. Der Zug und das Reden haben die Aufregung in mir ziemlich vertrieben. »Komm«, sagt Julia und hält mir die Hand hin. Ich ziehe mich daran hoch und stehe neben ihr.

Völlig frisch sehe ich auch nicht mehr aus. Das Hemd muss unbedingt zurück in die Hose. So, jetzt ist das alles etwas gesitteter. Blödes Wort, »gesittet«. Wie kommt das in mein Hirn?

»Du, Mick«, sagt Julia, »eigentlich wollte ich dir's nicht erzählen. Es ist aber doch besser, wenn ich's tue.«

Ich fahre meine Empfangsantennen weit aus. Julia steht mir gegenüber und sagt: »Weißt du, ich hab hier jemanden kennen gelernt.«

»Eine oder einen?«, frage ich, obwohl ich die Antwort genau weiß. »Einen«, sagt sie. »Aus der Klasse über uns. Er ist nett.« Sie guckt mich an und hebt die Schultern ein wenig.

Weil ich nicht stumm und wie k.o. dastehen will, frage ich was sehr Blödes: »Geht ihr miteinander?«

»Jedenfalls haben wir uns ein paar Mal getroffen.«

»Also geht ihr miteinander.«

»Ja, ist wohl so«, sagt sie. »Ich wollte das gar nicht richtig«, erzählt sie weiter. »Aber jetzt mag ich ihn und dich auch. Irre. Völlig irre. Am Telefon hab ich dir das nicht sagen können. Schreiben konnte ich dir's auch nicht, obwohl wir immer über alles geredet haben. Ich fand es blöd, dass das auf einmal nicht mehr ging.«

»Hm«, mache ich und sage dann: »Ich wollt erst nicht davon reden. Ich hab nämlich auch jemanden kennen gelernt.«

»Eine?«, fragt sie, ich nicke und sage: »Sylvia aus der Gitarren-AG.«

»Ach die«, sagt Julia und verrät nicht, was sie mit »ach die« meint.

Jetzt reden wir überhaupt nichts mehr und steigen die Böschung hoch. Dabei guckt jeder vor sich hin und ich denke: Nun weiß sie's also doch.

Verdammt, ich glaube, das wird ein Trauernachmittag, obwohl er anders angefangen hat. Ich merke richtig, wie sich's in mir bewölkt. Ein Tiefdruckgebiet ist im Anmarsch.

Ob ich ihre Hand anfassen darf? Wahrscheinlich geht das jetzt alles nicht mehr.

Ob sie mit dem anderen auch Hand in Hand rumläuft? Küsst sie ihn und er sie? Blöde Gedanken. Leider lassen sich die nicht wegschieben.

Da sehe ich etwas, es bewegt sich, ein Stück vor mir. Ihr Schatten. Ich mache einen großen Schritt und berühre ihn mit dem Fuß wie vorhin in der Stadt. Sie merkt es, springt weg und gleich wieder her und auf meinen Schatten. Dann springe ich und nehme ihren gefangen. »Ich steh auf dir«, sage ich.

»Ne«, sagt sie und hüpft. »Ich auf dir.« Wir hüpfen wie irre. Tappen hin und her. Wenn uns einer beobachtet, glaubt er bestimmt, bei uns sind mehrere Schrauben gleichzeitig locker.

Dann stehen wir außer Atem und voreinander auf dem Weg. Ein paar Meter weiter beginnt der Wald. »So was Doofes«, sagt Julia schnaufend.

»Meinst du mich oder uns?«, frage ich.

»Uns«, sagt sie. Ich fühl mich so komisch kicherig. Wo steckt denn mein Tiefdruckgebiet auf einmal? Plötzlich lache ich sogar. Dabei hätte ich vor drei Minuten beinahe heulen können. Das ist wie weggeblasen.

Julia nimmt meine Hand. »Irgendwie fühl ich mich erleichtert«, sagt sie. So ähnlich geht es mir auch und ich sage: »Du, ich mag dich.«

»Immer noch?«, fragt sie. Ich nicke und ziehe sie an der Hand zu mir. »Klar«, sage ich, »immer noch.«

»Ich hatte ein bisschen Angst vor unserem Treffen«, sagt Julia. »Na ja… wegen Jochen.«

Ach, Jochen heißt er, denke ich und Julia redet weiter: »Jetzt, wo du's weißt, ist das so anders, irgendwie leichter.«

»Mhh«, mache ich und frage: »Besuchst du mich eigentlich auch mal?«

»Logisch«, sagt sie und wir gehen auf dem schmalen Weg am Kanal entlang. Ein Uhr ist es. Wir haben noch vier Stunden Zeit.

Schön, dass es Julia gibt. Wie sie guckt, als wollte sie was fragen. Das tut sie dann doch nicht. Mir fällt ein, ich mag, wie sie redet, aber nicht nur das.

Mensch, Mädchen, ich mag dich wirklich richtig und rundum.

Als Kind wird Animur auserwählt, ins Mala-Kloster aufgenommen zu werden – ein großes Glück für den Sohn armer Ackerbauern. Doch eine Reihe merkwürdiger Unglücks- und Todesfälle zerstört das besinnliche Klosterleben. Hat der Großkhan hier seine Hände im Spiel, der wegen einer geheimnisvollen Prophezeiung um seine Macht fürchtet? Für Animur beginnt ein gefährliches Abenteuer.

Max Kruse
DER AUSERWÄHLTE
Für Leser ab 12 Jahre

OMNIBUS Nr. 20000

OMNIBUS
Der Taschenbuchverlag für Kinder und Jugendliche

»Ein Buch, das jeden eingeschworenen Joan-Aiken-Fan begeistern wird!« *Eselsohr*

London, Ende des 19. Jahrhunderts. Immer mehr Kinder verschwinden auf geheimnisvolle Weise aus der Stadt. Niemand weiß warum, und niemand weiß wohin. Als schließlich auch der Cousin von Isa Twite vermisst wird, beschließt sie, der Sache auf den Grund zu gehen, und tritt eine abenteuerliche Reise ins Ungewisse an.

Joan Aiken

DIE KINDER VON HOLDERNESS

Für Leser ab 12

OMNIBUS Nr. 20605

OMNIBUS

Der Taschenbuchverlag für Kinder und Jugendliche